探偵くんと鋭い山田さん
俺を挟んで両隣の双子姉妹が勝手に推理してくる

玩具堂

口絵・本文イラスト●悠理なゆた

Contents

口絵・本文イラスト 悠理なゆた

プロローグ・

ゆっくりと顔を上げたつもりだったが、鏡に映ったのは、不景気な面《つら》がのっそりと起き上がる様だった。

昼休みも半ばの男子トイレに他の生徒の姿はなくて、だから特大の溜息《ためいき》を洗面台に落としても、誰かにうっとうしがられる心配もない。

戸村和《とむらなぎ》、一五歳。我ながら、あかぬけない名前にふさわしい憂鬱な表情《かお》をしている。

そんな自分《かがみ》から逃れるように廊下へ出ると、校内放送が耳に入ってきた。陽気なアニメソングなのに、教室から漏れ出た音が廊下に反響すると、幽霊が合唱しているようにうら寂しい感じがする。

これも、今の心持ちがそう感じさせるのだろうか。

高校生活が始まって十日ほど。そろそろ友人グループが固まり始め、廊下には昼食を終えて楽しげに語らう生徒たちがちらほら見える。

そんな中で、俺だけが落ち込んだ気分でいた。こんなことになってしまった原因は、入学式の日の自己紹介にまでさかのぼる――

「戸村和です。部活とかは、特に考えてなくて……趣味は読書とか動画視《み》たりとか……あとは、ええと………
家は＊＊駅前で、戸村探偵事務所って……あの、西口の階段のところに看板貼《は》ってあるやつです」

——緊張のあまり、余計なことまで口走ってしまった。学校の自己紹介で家の仕事なんて言うことないのに。

他のクラスメートが存外に個性的だったり多弁だったりしたせいで、入りたい部活もこれと言った趣味もない俺は、なにか情報量が不足している気がしたのだろう。足りない部分を、親の珍しい仕事で埋めようとしてしまった。

探偵と言っても、もちろん、ドラマやマンガに出てくるような難事件を解決して回る「名探偵」じゃない。個人や会社を密《ひそ》かに調査して依頼者へ報告する、いわゆる興信所だ。

もう高校生なので、その辺は誤解もされなかった。

小学校の頃は「お父さん、サツジンジケンかいけつしたの？」とか「コ〇ンくんいる？」とか訊《き》かれたこともあった。だがこの歳《とし》にもなると、夢のない、どちらかと言えば行儀の悪い職業だとみんな知っている。

けど、それがいけなかった。

――戸村《とむら》くん、そういうの詳しいんだよね？

今朝、下駄箱《げたばこ》で靴を履き替えている時、俺は捕まった。同じクラスの女子が四人。ぞろりと囲まれ逃げ場もない。そのまま校舎の隅まで連れていかれた。

彼女らは、早くも形成されつつあるクラスの女子グループ、その中心にいる連中だった。リーダーの琴ノ橋鞠《ことのはしまり》は派手目な印象の美人で、誰であれ自分には親切で寛容であるべきだと思っているフシがある。そんな人だ。

「――っていうわけなの。ちょっと調べてみてよ」

ゆるやかにパーマのかかったロングヘアをふわりとかき上げて、琴ノ橋さんは俺への要求を言い終えた。仕草の一つ一つが芝居のように様《さま》になる。悔しいが美少女だった。つまり、相手が美少女であることを悔しいと思うような、一方的な要求だった。

「いや……なんで俺が？」

根本的なところを聞き返したが、琴ノ橋さんはこともなげに答えてきた。

「だって戸村くんの家、探偵事務所って言ってたじゃない。こういう調べ物の仕方とか、解《わか》るでしょ？」

……確かに、家《うち》の父さんの仕事にはそういう調査も多いと聞いている。でもそれは、あくまで父さんの仕事だ。当然だが、高校生になったばかりの俺が探偵の仕事を手伝ったことなんてない。

無理だ。

無理だから、その通りに答えて断ろうとしたのだが、

「えー、無理とかないでしょ」

「鞠がかわいそうじゃん」

「戸村が無理なら、お父さんにでも頼めばいいッしょ」

取り巻きの三人からの援護射撃が無慈悲に突き刺さる。琴ノ橋さんは髪に手櫛《てぐし》を入れ、YESの答えだけが聴こえる白い耳を撫《な》でていた。

ここで無下に断れば、高校生活の出だしから、クラスの女子の大半を敵に回すことになるかもしれない。

それに……ある理由から、俺は若い女性を苦手としている。嫌いなのではない。性根の部分で、なんとなく逆らえないのだ。

彼女らの背は俺より低いが、その声は俺よりずっと高くて。

俺は、まったくもって押さえつけられた。

——そんなわけで、昼休みの俺は琴ノ橋《ことのはし》さんの頼み事という憂鬱を抱えて教室へ戻ったのだ。

席は教壇から見て最後列、窓際から二番目。昨日《きのう》のＬＨＲ《ロングホームルーム》で席替えしたばかりの新しい場所だ。後ろの人を気にしなくていいしロッカーも近いし、くじ運は良かったと言えるだろう。

しかし、その俺の席には先客がいた。

隣の椅子とくっつけられて、俺の左隣の席の女子が寝転んでいる。それだけじゃなく、その女子は俺の右隣の席の女子のふとももに頭を乗せていた。膝枕だ。

つまり、三つの椅子を寄せてベッド代わりにして、右端の席の主に膝枕をしてもらいながら寝転んでいる女子がいた。

——俺の左隣の席の同級生、山田雨恵《やまだあまえ》だ。

染めているのではないらしい奇麗な亜麻色の長髪、愛嬌《あいきょう》をたたえつつ整った顔立ち。体型がスレンダーなせいか、制服が人形《にんぎょう》の服のようにだぶついて見える。

そんな山田さんは横寝になって心地よさそうに目を閉じ、安らかな寝息まで立てている。なぜか裸足《はだし》で、呼吸に合わせて足指が緩やかに閉じたり開いたりしていた。

傍《はた》から見れば微笑《ほほえ》ましいのかもしれないが、俺には途方に暮れる状況だった。他人の席

を勝手に使っている山田《やまだ》さんが悪いのは間違いないのに、しかし、こう幸せそうに眠っている女の子を起こすのには、なんだかむやみに勇気が要る。

俺はロッカーのバッグから取り出した弁当箱を持ったまま立ちつくした。

しかし幸いにして、彼女の枕になっている女子が、俺が困っていることにすぐ気付いてくれた。読んでいた本から顔を上げ、

「あ、ごめんなさい……」

律儀に俺へ謝ってから、膝に乗せた山田さんの頭を両手でつかんで揺さぶる。ハンドボールでフェイントをかける時のような、乱暴なシェイクだ。

ちょっと驚いたが、彼女らの関係ならそんな粗雑な扱いもおかしくはない。

「起きて雨《あめ》。戸村《とむら》くん帰ってきたよ」

むゅ……と唇を歪《ゆが》めて、夢現《ゆめうつつ》の水面で息継ぎしている山田さん。それを起こしている彼女もまた、山田さんだった。双子の妹の山田雪音《ゆきね》だ。

顔立ちは当然よく似ている。もっとも、こちらの髪は耳が垂れたタイプの犬を思わせるショートカットで、ちょっと見《み》にも見分けが付かないということはない。

特に今は眼鏡をかけているせいもあって、寝ぼけた顔をふにゃふにゃさせている姉より格段に知的に見えた。

そうしてふにゃふにゃした顔のまま、ようやく姉が目を覚ます。膝枕に頭を乗せたまま

ぼーっと妹の顔を見上げ、それからその妹に目顔で示されて俺に気付いたようだった。

「あぁ……となりの」

寝起きのけぶったような目付きで見上げられ、不覚にもどきりとする。その直後に小さくよだれをすする音がしなければ、うっかりときめいていたかもしれない。

「そうだよ、隣の席の戸村くんだよ。早くどいてあげて」

妹は容赦なく姉のおでこをぴしゃりと叩《たた》いたが、姉はなかなか腰を上げない。

「いやぁ、ごめんねぇ……昼休みになるなり出てって、なかなか帰ってこないから、他《と》ン教室《こ》で友達と食べてるのかと思って」

……自慢ではないが、他の教室どころかクラスにもまだまともな友人はいない。今日は琴ノ橋《ことのはし》さんたちが教室から出て行くまで——彼女らは、それこそ別のクラスだか学食だかで昼休みを過ごしているようだ——身を隠していたくてトイレへ避難したのだ。

「うん……これから食べるから、席、空けてくれるかな」

そろそろ食べ始めないと午後の授業が始まってしまう。俺も遠慮なく退去を求めた。

「そっか。ふぁ……ごめんごめん……」

山田雨恵《あまえ》はあくび混じりに言って、寝たままん−っ、……と伸びをする。真《ま》っ直《す》ぐ伸ばされた素足の先で、びっくりするほど小さな爪が真珠に似た光沢《いろ》をしていた。

「雪《ゆき》のふとももがあんまり気持ちよかったもんでね……」

その雪音《いもうと》の膝に手を当ててうっそりと体を起こす雨恵《あね》。思わず雪音《ゆきね》の脚に目をやりそうになって、なんとか自制する。姉の言葉通り、妹は痩せ形の姉とは対照的にふわふわと柔らかそうに発育している。

——このように、ギャルというほどではないが言動がチャラくていい加減な姉と、真面目で読書家でついでにスタイルのいい妹。顔は似ているが性格は真逆。それが1年B組の山田《やまだ》姉妹だ。

髪の長さで判別が容易だとはいえ、同じクラスにいるだけでもややこしいのに、男子一人をはさんで直近の席になってしまっている。

そして、この仲が良いのか悪いのかよく判《わか》らない姉妹に挟まれているのが俺、戸村和《とむらなぎ》だった。姉が妹に今日の弁当の中身を尋ねたり、妹が姉のだらしない授業態度をしかったり、俺を頭越しにした会話が一日中続いて非常に据わりが悪い。

——昨日《きのう》の授業中にあった一幕を例に挙げよう。

地理の先生は中年の男性なのだが、頭頂部のあたりの毛が少しばかりこんもりしている。そして、板書に熱が入ったりするといささか不自然に揺れた。

もう子供じゃないのでクラスのほとんどは見て見ぬ振りをしたのだが、ごく一部のはしゃぎがちな女子が笑いをこらえきれていないのが目に入った。最後列なので無駄に視界がいいのだ。

　なんとなく不安になって、俺は左隣の山田雨恵《あまえ》を見やった。いつも軽薄そうに微笑《ほほえ》んでいる彼女も、先生の髪を笑っているのではないかと思ったのだ。

　ところが、案に反して山田さんはむしろ真面目な顔をしていた。初めて見る真剣な眼差《まなざ》しで先生と黒板を見つめていた。

　ひょっとして、遊んでそうな見た目と違って授業はちゃんと受けるタイプなのだろうか。だとしたら失礼な誤解をしたと反省しかけた、その時。

「ハゲワシってさ」

　一応、小声だったが、はっきりと聞こえる声で彼女はつぶやいた。

「ハゲワシって、ハゲてるけどさ。なんでみんなハゲてるんだろう？」

「えっ……？」

　と、意味が解《わか》らず呆気《あっけ》にとられていると、彼女もこちらを振り向いた。目が合う。山田さんはきょとんとまばたきしてから、にっこり笑って、それから顔を前に倒した。視線を俺から、俺の向こうにいる妹へと飛ばしたのだ。

「ねー、雪《ゆき》。ハゲワシってなんでみんなハゲなのかな？　人間はハゲてる人とハゲてない人がいるのにさ。不思議だよね」

　これも小声だった。席が後ろの方だということもあって、先生には聞こえた風もない。

しかし、彼女の双子の妹には聞き取れたようだった。

「……授業中に変なこと訊《き》かないでよ」

山田雪音《やまだゆきね》は、眼鏡の位置を据え直しながら押し殺した声で姉に応えた。俺《じぶん》がしかられているようでなんだか居心地が悪かった。

だが、それで終わりかと思いきや、山田妹の小声は長々と続いたのだ。

「……ハゲワシは、動物の死体にくちばしを突っ込んで腐った肉を食べるから、頭に毛があると雑菌がまとわりついて病気になりやすい。だから薄毛の遺伝子ばかりが生き残って、みんなハゲてる……って説は聞いたことある」

「へー、そうか。なるほどねっ」

妹の解説に対する姉の感嘆はちょっと大きな声になり、さすがに先生のじろりとした視線が飛んできた。山田さんは後頭部に手を当てて、へへへ、と笑ってごまかした。

それで先生の目は黒板に戻ったのだが、こっちとしては生きた心地がしない。私語の相手が俺だと思われる可能性が高かったし、実際、声こそ出さなかったが俺も同様にハゲワシの合理性に感心していたからだ。

ふと見ると、雪音の方も安堵《あんど》の息を吐《つ》いているようだった。

そんな中で黙らなかったのは山田雨恵《あまえ》だ。

一応、先生に目を付けられた自覚はあるのかさらに声を潜めて、俺の耳へこうささやいてきた——

「ハゲも悪いことじゃないんだねぇ」

そこにはからかいも軽蔑もなく、ただ単純に禿頭《とくとう》という性質について感心したらしい声だった。疑問が解けたからか、いつものへらへらした微笑が顔に戻っていた。

その屈託のない、柔らかな声音に耳を撫《な》でられる感触は……まぁ、正直、悪くはなかった。先生の身体的特徴を笑うような、陰湿な奴《やつ》かもしれないというのも誤解だった。

……だが、それはそれとして。

（地理の授業なのに、ハゲワシのハゲてる理由しか記憶に残ってない……！）

——それ以外の時間も、万事がそんな調子だ。

授業中でも気になったことがあれば平気で妹に話しかける落ち着きのない姉と、それをたしなめながらも、なんだかんだ答えられることなら答えてしまう博識な妹。そんな二人にはさまれた俺は、目の前を飛び交う言葉のキャッチボールに、すっかり翻弄されてしまっていた。こんな環境じゃ、一学期の成績は絶望的かもしれない。

琴ノ橋《ことのはし》さんの依頼と並んで、目下の頭痛の種だった。

クラスの人数が奇数、かつ女子の方が一人多いせいで、山田妹より右にはそもそも机が存在しない。それもまた教室最後列における双子の一体感を大きくして、俺に自身の異物感を覚えさせるのかもしれない。

そんな席でも、やっと座れる……と息を吐《つ》いて自席の背もたれに手をかけると、視線を感じた。すぐ隣に座る、寝起きの山田雨恵《やまだあまえ》からだ。椅子の背にかけていた靴下を履き直しながら、なにか物問《ものと》いたげにこちらを見ている。

椅子に腰を下ろしながら、「なにか……?」という意を込めて見返す。彼女はいつも制服のリボンタイを緩めていて、昼寝中だったからかシャツも第二ボタンまで外していた――白い首元が目に入ってきて、逃げるように視線をそらした。

彼女は、俺の動揺には気付かず訊《き》いてきた。

「なぁんか、しんどそうな顔してるね。体調悪い?」

……傍目《はため》にも判《わか》るくらいに暗い顔をしてるのか。一層落ち込んだが、まずは、

「いや、平気。ありがとう」

心配してくれたことに礼を言う。ちょっとした親切が心に染みて、朝から強張《こわば》っていた頬が緩んだ気がする。

山田さんはそんな俺の顔を「ふ～ん……」とぼんやりと眺めていたが、三度ほどまばたきした後、言ってきた。

「悩み事なら言ってごらんよ。あたしでよければ聞くからさ」

「またそんな、無責任な……」

という、言い切らない声は背後から聞こえた。つまり、姉の逆側に座る妹だ。ちらりと見ると、山田雪音《ゆきね》は外した眼鏡をケースにしまって水筒を用意していた。

俺が答えられないでいる内に、姉は気にせず続けてくる。

「もしかして、朝、マリーたちに捕まってたのと関係ある?」

……昇降口での一件を見られていたらしい。マリーというのは琴ノ橋鞠《ことのはしまり》の愛称だろう。雨恵は琴ノ橋さんのグループへは属していないと思うが、見ての通り人懐っこくて物怖《ものお》じしない性格だ。琴ノ橋さんたちともよく話している。

俺が黙っていても、琴ノ橋さんたちから聞き出してしまうかもしれない。だったら、素直に話してしまった方が気楽というものだろう。

俺としても、自分の胸に溜《た》め込んでいるより誰かに相談したいところだった。どうせ、ハゲワシのハゲと同程度の興味本位なんだろうし、それなら逆に遠慮なく巻き込めるというものだ。

俺は、弁当箱の蓋といっしょに口を開いた——

「実は、琴ノ橋さんの彼氏が浮気してるらしいって話なんだけど……」

思えばそれが、この双子との奇妙な関係の始まりだった。

第一話　探偵と象

「問題の、琴ノ橋《ことのはし》さんの彼氏は二年の糸口起雄《いとぐちたつお》って先輩。付き合い始めたのは去年からで、レンタルDVD屋でバイトしてた先輩に琴ノ橋さんが一目惚《ひとめぼ》れして、しばらく通い詰めた末に告白したらしい」

「へー、年上の彼氏か。やるなぁマリー」

山田雨恵《やまだあまえ》はイージーな相槌《あいづち》を打ちながら、机の中から弁当箱を取り出した。……食後の昼寝かと思ったら、食べずに寝てたのか。

俺の呆《あき》れ顔に気付いたか、雨恵はふにゃっと笑った。

「あたし、食い気より眠気でさ」

底抜《ぬ》けに力の脱けた、釣り込まれるような笑顔だった。思わず見入りそうになって、

「……それで、返事は？」

逆側からの声にびくりと背をすくめる。山田姉妹の妹の方、雪音《ゆきね》だ。会話に入ってくると思っていなかったので、いささか面食らいながら向き直る。

目が合って、彼女の瞳がちょっと震えて、視線をそらされた。

「あの……告白の返事は、どうだったんですか？」

姉ほど人慣れしていないらしい雪音はうつむいて、それでも質問を言い直した。水筒のコップに顔を隠すように、唇の先だけを触れさせている。

雪音は姉の雨恵以外には今みたいに敬語で話す。理由は知らないけど、その声の硬さには敬意よりも隔意を感じた。

そういえば……と、思い出してみる。

「ああ……それは、言ってなかったな」

でもまぁ、現に今、付き合っているということはＯＫだったのだろう。

「マリーは、自分が告白したら付き合うのが当然！って感じだからなー」

と、これは姉の方だ。妹に向かって言っているんだろうけど、間に居る俺はなんだか妙な気分だった。雪音はなにも言わなかったが、小さく眉をひそめたように見えた。

俺は弁当のコロッケと御飯——どちらも昨夜の残り物だ——を口に含み、呑《の》み込んでから、続ける。

「……ともかく、その先輩が浮気してるらしい」

「浮気ねぇ。浮気はいかんよね」

そうそぶく雨恵は、ようやく弁当箱を開けたところだった。動作がいちいち気だるげでスローペースだ。

「でもまー、プライドの高いマリーが自分から告《コク》るような相手なら相当のイケメンだろうし、浮気もしょうがないか」

「しょうがなくはないだろ。浮気なんて……」

よくないことだ。と、思う。雨恵《あまえ》は、男子から見るとおもちゃみたいに小さな弁当箱にフォークを突っ込んで、うんうんとうなずいた。

「まぁ、そうなんだけど。そういや、なんで浮気ってダメなんかね？」

そう言われると……なんでだろう？ いいことではないだろうが、咄嗟《とっさ》に答えが出てこない。そして、口籠もる俺に焦《じ》れたように、

「動物的な理由なら簡単だよ」

またも雪音《ゆきね》が口をはさんできた。身を乗り出して姉に言う。

「女性は、いっしょに子供を守り育てる労働力として。男性は、確実に自分と血のつながった子供を残すために。特定の異性と契約して確保するの。

浮気は、そのお互いが受ける利益のバランスを崩すから悪なんだよ」

なるほど、シンプルだけど説得力のある見方だ。さすが優等生の山田《やまだ》妹と言うべきか。

とはいえ、高校生女子の口から出るには乾燥した物言いだとも思う。

脱線していると思いつつ、口を開いていた。

「でも、人間はそんな単純じゃないだろう」

俺から返事があると思わなかったのか、雪音は目をぱちくりさせて、それは……と唇を動かして、それから喉を鳴らして、ようやく声を返してくる。

「……何事も突き詰めればシンプルなものです。それが合理的だから、浮気を容認しない生理的傾向を持った個体が子孫を残して、今は嫉妬深い人間ばかりなんです」

明らかに話し慣れていないのに、しゃべり出せば言葉は流暢《りゅうちょう》だった。そしてやっぱり理屈っぽかった。姉とは別の意味で変わった子だ。

「おー、さすが雪《ゆき》ちゃん解《わか》りやすい。御褒美にこれをあげよう」

雨恵は適当に妹を褒め称《たた》え、フォークに刺したプチトマトを妹へ差し出した。当然、二人の席の間にはさまっている俺は邪魔になるわけで、あわてて身を引く。真《ま》っ直《す》ぐ垂れた雨恵の長髪が俺の膝をくすぐるような体勢で、激しく落ち着かない。

「御褒美って……自分がトマト食べられないだけでしょ」

「残すよりはいいじゃん」

悪びれもせずさらに身を乗り出す姉に、妹はちらりと俺を見てから、恥ずかしそうに口を開いてトマトを迎え入れた。人前で押し問答をするのが恥ずかしかったんだろうけど、いわゆる「あ～ん」をするのは恥ずかしくないのだろうか。……俺は間近で見ていてすごく恥ずかしい。

赤いプチトマトが雪音の色の薄い唇に吸い込まれていく。その、なんとなく息の詰まる光景を尻目に、話を引き戻す。

「――ともかく、琴ノ橋《ことのはし》さんは彼氏の浮気に御立腹で、相手を突き止めたいって言ってるんだ」

「んん？　そんなら、問答無用でビンタするなり別れるなりすればいいじゃん」

雨恵《あまえ》のあっさりとした物言いに、個人的には同意だったりしたが、

「証拠がないとしらばっくれられるかもしれないし、相手の女にも一言《ひとこと》言ってやりたいんだってさ」

それが琴ノ橋さんのプライドなのだろう。

「ふぅん……」

その辺にはあまり興味ないらしく、雨恵は弁当のパスタをぱくついている。結果、俺は自分の弁当をゆっくり食べる暇もなく話を続けることになった。

ここからが問題のディティールだ。

「まず、最初に浮気の疑惑が出てきたのが半月ほど前……入学前の春休みだ」

「そういや入学式《さいしょ》っからちょっと機嫌悪かったね、琴ノ橋マリー。そういう性格なのかと思ってたけど」

話してみた限り、「そういう性格」でもあるとは思うが。それはそれとして、

「目撃したのは琴ノ橋さんの友達の初芝《はつしば》さんで――」

朝、俺を取り囲んだ面子《メンツ》の一人で、琴ノ橋さんと同じ中学だったという。その初芝さんが、直接に話してくれた。

『あたしが見たのはね、うン、お店の前なのね。ああ、お店っていうのは糸口《いとぐち》センパイがバイトしてるレンタル屋ね。

もう夜だったから、センパイはバイト終わって帰るところだったと思う。うン。ちなみにあたしは中学の部活仲間で打ち上げして、友達グループに分かれてハケる途中でね、隣の県の高校に行くナーコがさびしい、さびしいって泣きすぎてゲロ吐き出して大変だったのね。道ばたにぶちまけちゃったけど、うン、雨降ってたし流れるからまぁいいかって。え？　ああ、ごめん鞠《まり》、ナーコのことはいいよね。汚い話してごめんね。

えっと……そんでね、糸口センパイが店から出てきたら、雨降ってたのね。だからセンパイ困ってたんだけど、うン、そこに女が現れたの。背はセンパイと同じくらいかな……ハデな赤いカサ差して、ハデに染めた長い髪してて、でもって見るからにナイスバディ。

そんな女が、センパイになれなれしくしてさ。おかしいよね、鞠の彼氏なのにね。女はセンパイを見るなり急に抱きついて。なんだか泣いてるみたいだった。涙と雨で化粧がくずれてみっともないったら。

センパイはあわあわしてそれをなぐさめてね、ちょっと落ち着いたら同じカサに入って帰ってったのね。あいあいガサだよ、腕なんか組んじゃってね。ありえないでしょ、ヒトサマの彼氏と。センパイも全然いやがらなくて「きっとだいじょうぶ」だとかなんだとか猫撫《ねこな》で声で甘やかして、うン、アタマくる。

うわ、ウワキ現場見ちゃった！って、思わず写真撮っちゃったよ。うン』

その後も初芝《はつしば》さんの話は続いたが、友人関係の愚痴とか自分の持ってる傘のブランドがどうとか、要領を外しまくった話しぶりであまり実《み》のないものだった。

「――と、まぁ、たしかに、聞く限り女友達って感じじゃないし、浮気……なのかな」

簡略にまとめて話し終えると、俺が話している間に弁当を食べ終えつつある山田雨恵《やまだあまえ》がからかうように言ってくる。

「あれじゃないの？　マンガとかでよくある、実は妹でしたーとか」

「いや、それはないらしい」

俺は昇降口の自販機で買ってきた緑茶で口の中の物を飲み込み、続けた。

「先輩の家は四人暮らしで、妹さんがいるけど琴ノ橋《ことのはし》さんは会ったことがある。その……傘の女性《ひと》とは別人なんだって」

「ああ、写真あるんだっけ」

その写真は、「資料」だとして俺のスマホにも送られてきている。糸口《いとぐち》先輩と問題の女性が仲睦《むつ》まじく身を寄せ合って、一つの傘の下に収まっている――そんな写真だ。初芝さんは「見るからにナイスバディ」などと古風な表現をしていたが、なるほど、体のラインが出るタイトな服を自然に着こなすモデル体型だ。

それにしても、まさか自分のスマホに盗撮写真を入れて持ち歩くことになるとは……これも家業の宿命だろうか。

「相手が泣いていたのなら、別れ話だったのでは？」

と、これは雪音《ゆきね》だ。……意外とがっつり聞き出しにくるな。元来が生真面目だからなのか、思いのほか真剣な目で訊《き》いてくる。俺は首を傾《かし》げた。

「でも、慰めていっしょに帰ったわけだし、なんにしても仲直りしたんじゃないかな」

「つまり、その人が一人目の浮気相手だというわけですか」

「そう、琴ノ橋さんは思ってる」

「まぁ、マリーとしては面白くないだろーね。自分の彼氏が知らない女とそんなことになってたら」

雨恵の方は、雪音と違って真剣味がない。残っていたおかずを――あまり好きでない具材なのだろう――ちまちまと口へ運びながら、なかば上の空で言う。

「で、その派手な傘の女以外にも浮気相手がいるんだって？」

「ああ。二人目は特に決定的だ。なにせ、先輩の家から出てくるところを琴ノ橋さんに目撃されてる」

『これ、あんま話したくないんだけどさ……解《わか》るよね？　彼氏が他の女といた話だし。

初芝《はつしば》が最初の女を見てから……三日くらい後だったかな。傘の女のこと、探りを入れてみようとタツオに電話してみたの。話した感じはいつもと変わんないタツオで、なんにも隠し事なんかないみたいだった。

そもそもタツオって、将来映像関係の仕事したいって目標にまっしぐらの熱血クンでさ。三年前に親の仕事の都合でこっちへ引っ越してきて、そん時に飛行機の中で観《み》た映画に感動して、自分もそういうことに関わりたくなったんだって。

あんな風に夢を語れる奴《やつ》が浮気とかないじゃん、って、わたしもなんだか普通に話しちゃって。

で……その日、タツオの家、親が旅行でいなくて自分で御飯作るって聞いたから、行ってもいい？って訊《き》いたの。

ん？　……ああ、違う違う。タツオの妹はいると思ってたから、泊まったりする気はなかったよ。家《うち》の親、そういうのうるさいし。

ともかく……バイトもあるし家事もしないといけないからって断られた。それは別にいいの。謝ってくれたし。問題は、その翌日。

やっぱり傘の女のことが気になって、朝からタツオの家まで行ってみたの。そこで……悪い予感は当たっちゃったわけ。予想とは相手が違ったけどね。わたしがタツオの家が見えるとこまで来たら、その家から女が出てきたの。遠目だったけど、傘の女じゃなかった。髪は黒くてショートカットだったし、服も地味でジーパンとかだったし。背はタツオと同じくらいだったけど、体のラインが出る服を着てたから女なのは間違いない。

タツオも見送りに出てきて、なんか二三言《にさんこと》話して戻ってった。

その時の様子もちょっと変で、近所に見られてないか気にしてた感じだったの。わたし、思わず電信柱に隠れちゃった。

……わたしはなにも悪くないのにさ！　どうなってんの⁉

今ではそんな風にムカついてるけど、その時はわたし……アタマ真っ白になって、心臓バクバクで、タツオを問い詰めることも女を追いかけることもできなかった。親がいないはずの家から、昼前に女が出てくるんだよ？　もう決まりじゃん……しかも初芝が見たのとは別のやつ。

それでも、まだ冷静なところが残ってたんだね。タツオの妹に電話してみた。……あ、わたし、妹ちゃんともすっかり仲良しで、たまに二人でカフェめぐりするくらいだから。メイクとか教えたらすごい喜んでくれてさ。素直でよく笑って、ホントいい子なんだ。

そんな中学生の妹のいる家に女を泊めるわけない、って思ったんだけど……なんか妹ちゃん、部活の合宿とかで山の中にいるって言われてさ。次の日まで帰らないって。……つまり、その日、タツオは家に一人きりで、その家から知らない女が朝帰りしたってわけ……

解《わか》るよね？　わたし、傷付いてんの。なんとしてでもあの女のこと突き止めて、けじめ付けたいの。だからよろしくね、戸村《とむら》くん』

そう語った時の琴ノ橋《ことのはし》さんの、涙をにじませつつも凄惨な眼《め》を思い出すと背がすくむ。錯覚だとは思うけど、男という共通項だけで怒りの意思をぶつけられている気がした。

琴ノ橋さんの証言を自分の言葉に直しながら語り終えると、雨恵《あまえ》は「うへー」と漫画じみた息を吐《つ》いた。

「けじめときたか。恐《こえ》ーねマリー。そんなに悔しかったのかな」

「そりゃ……ただの友達じゃなくて彼氏なんだし、だまされたら頭にもくるだろ」

「そんなもんかね」

山田《やまだ》雨恵にはどうも、そんなもんがピンとこないようだった。

「雨《あめ》は何事もいい加減ですから」

妹からの寸評は、冷たいというより呆《あき》れているようだった。雨恵は人間関係も適当ってことか。弁当箱を閉じながら眠たそうに目をしばたたいている姿を見ると、まぁそんな感じではある。

「二人の浮気相手……琴ノ橋さんを含めると三股《さんまた》ですね。糸口《いとぐち》先輩という人は、とんでもないプレイボーイなんでしょうか」

そして、雪音《ゆきね》の方は人間関係に淡白ではないようだった。口調は落ち着いているが、声の低音部分が怒りと非難に強張《こわば》っている。

そんな雪音に釣り込まれたわけでもないが、俺は深刻に頭を振った。

「……ところがもう一人、目撃されてるんだ。見たのは糸口先輩の友達で、映像研究会の人って話なんだけど――」

『あれは先週の日曜日。服を買いに街へ行ったら、駅の改札で女の人が財布からなにか落としたんだ。

気付いてないみたいだったから拾ってみたら、マイナンバーカードでさ。急いで追って返したよ。ハンドバッグに目立つお守りが付いてたから、混み合っててもなんとか見失わずに済んだ。なんか変わったお守りだったな。「思《おもう》」と「兄《あに》」が混じったような、見たことない漢字が縫ってあって。

で、カードにあった名前は橋本《はしもと》……なにさんだったかな？　名前とか誕生日は覚えてないんだ、あわててたから。ともかく橋本《はしもと》さんはすごく丁寧にお礼を言ってくれて——メイクひかえめで、なんかやたらテンションの高い人だったなー——、もう落とさないようにってカードを後生大事にしまい込んでた。

その時はそれで別れたんだけど、気に入る服が見つからなくて街をぶらぶらしてる途中にまた見かけたんだ。

最初に見つけたのは糸口《いとぐち》だった。あいつ、派手な帽子かぶってるから街中でもやたら目立つんだよな。あいつがバイトしてるレンタル屋のある通りだったから、いるのは別に普通だ。

でも、女連れだった。最初は糸口の妹かと思ったんだ。糸口より一〇センチくらい低くて妹と同じくらいの背だったし、同じような服を着てるのも見たことあったから。僕は糸口の家にもよく遊びに行くから知ってるんだけど、運動部なのに普段はルーズな格好が好きなんだよね、あの妹。髪の色も乾いた黒でよく似てた。

……けど、遠目にもすぐ違うって判《わか》った。セミロングにしてる糸口の妹と違って髪を短く切りそろえてたし、ちょっと前に見た人だったから。

——さっきの橋本さんだ。糸口が彼女を案内してる感じだったんだけど、入ったのが、こともあろうにランジェリーショップ。

そりゃ驚いたよ。琴ノ橋《ことのはし》さんと付き合ってるのは知ってたし、いつ見てもすごく仲良さそうだったからさ。なにやってんだあいつって。まぁ、糸口はすぐ外に出てきて橋本さんが買い物を終わるのを待ってたみたいだから、それだけじゃ付き合ってるかは判ンなかったけどね。

でも、店から出てきて二人仲良く帰っていく姿は、ただならぬ関係に見えたよ』

琴ノ橋さんはわざわざボイスレコーダーのアプリを使って、この証言を録《と》っていた。そのデータもまた俺のスマホに転送されている。

「その女性の顔は判らないんですね」

その証言を要約した話を聞き終えて、まず口を開いたのは雪音《ゆきね》だった。

「さっきの、先輩の家から出てきた人と同じ人かもしれません」

俺が応える前に――意外と言うべきか――雨恵《あまえ》が否定した。

「うんにゃ。身長《たっぱ》が違うよ。朝帰りの女は浮気先輩と同じくらいの背だけど、下着買ってたハシモトさんは先輩より背が低かったんだから」

……適当に聞き流してるようで、思いのほか注意深い指摘だ。

「じゃあ……やっぱり、糸口先輩という人は三人の女性とふしだらな関係を持っているわけですか。度し難いですね！」

たぶん無意識にだろう、雪音は拳を握り込んで憤慨している。案外に感情表現が豊かで見てて面白い。……まぁ、こういう問題についてでなければ。

俺はなんとなくいたたまれない気持ちになりながら、彼女をなだめた。

「いやまぁ、証拠はないわけだから」

傘の女性の写真はあるが、それだってただの状況証拠だ。琴ノ橋《ことのはし》さんの危惧する通り、すっとぼけられたらそれまでだし、その後は用心されて尻尾がつかみにくくなるだろう。

そんなことを思って憂鬱にうつむくと、顔をのぞきこまれた。いたずらっぽい笑みを口に乗せた、山田雨恵《やまだあまえ》だ。

「なに？　戸村《とむら》くんは浮気先輩の肩を持つわけ？」

妹と違い怒気はうかがえない。完全に面白がっている顔だった。

「おとなしそうな顔して、案外やらしー人なのかな」

「そ、そうじゃないけど……」

声が上擦ってしまうのは雨恵の顔が微妙に近かったからであって、図星を指されたからでは決してない。

食後いつの間にかリップを塗り直していた雨恵の唇から目をそらし、うめく。

「俺が言いたいのは……あらためて情報を思い返してみても、糸口《いとぐち》先輩が会ってた女の人たちを探すのは大変だってことだよ。傘の女性《ひと》と朝帰りの女性《ひと》は正体不明だし、橋本《はしもと》さんも名字しか判《わか》らない」

橋本さん、だけでは市内に何人いるか知れたものじゃない。

「見つけろったって、どうしたもんやら……」

うっすらと艶めく唇に人差し指を当てて、雨恵はころりと首を傾《かし》げた。

「張り込みとか？　先輩の家は解《わか》ってんだから、一日中見張ってれば女に会いに行ったり、女が会いに来たりするんじゃない？」

実際、それくらいしか方法が思い浮かばなかった。琴ノ橋さんたちが言っていたように、本職の父さんなら山ほどの搦《から》め手を知っているだろうけど、相談するつもりはない。父さんだって職業倫理というものがあるから、高校生に個人情報の調査方法なんて教えたりしないだろう。

「……でも、よく知らない人を見張るなんて一歩間違えれば犯罪だろ。さすがにそこまで付き合う義理はないし」

「まぁ、そりゃそうだ」

雨恵はあくまでお気楽だ。でも腹は立たない。彼女にだって、僕のために心を痛める義理はないのだから。気持ちいいくらいの無責任さに、いっそ笑いたくなった。

こんな風にテキトーな相手だから、難題の相談ができる。解決できなくても重荷を背負わせずに済むからだ。最初から雨恵に打開策を期待していたわけじゃなく、ただ話すだけ話して不可能を確認したいだけだった。

高校生活のスタートに失敗した俺と、俺をはさんで座る双子。無駄話の好きな変わり者の姉と、博識だけど頭の硬そうな妹。

教室の隅っこの三人ができることなんて、こんなもんだろう。

しかしこうなると、琴ノ橋《ことのはし》さんの人脈圏内の女子グループを敵に回してでも頼みを断るしかなくなった。それはもう、しかたない。のっけから灰色の高校生活が約束されるのかもしれないとしても……無い袖《そで》は振れない。

実を言えば午前中の内にあきらめはついていた。ただ、ちょっとした心残りがあったから今までうだうだしていただけだ。

自然と、溜息《ためいき》に似た独り言が出た。

「……できれば、何事もなかったように解決したかったけど」

「浮気を赦《ゆる》せと言うんですか？」

最低ですね、と続きそうな冷たい声で雪音《ゆきね》が言う。雪を冠する名前の通り、姉との温度差が大きい。俺はあわてて首を振った。

「そうじゃなくて……琴ノ橋さんのことだよ」

糸口《いとぐち》先輩とやらのことは、正直どうでもいい。

「浮気が確定しちゃったら、ケンカするにしろ別れるにしろ、すごく傷付くだろ」

雪音はなにか虚を衝《つ》かれたように言葉を失って、それから呆《あき》れ返ったような顔をした。

そのリアクションはどういう意味なんだろうと彼女を見ていると、反応が返ってくる前に雨恵《あまえ》の「へぇぇー」と間延びしたような吐息が聞こえた。

「あんなむりやり頼まれたのに、マリーのこと心配してあげるんだ」

左隣の同級生はそこで一拍置いて、椅子の上であぐらをかきながら続けた。

「それはちょっと、お人好《ひとよ》しすぎない？　それともマリーが美人だから？」

後半は茶化すような声だったが、雪音と同様、俺の態度が理解できないようだった。

「いや、美人は関係なくて……」

その頃にはもう、昼休みは終わりかけていた。俺は自分の弁当箱を閉じ——結局食べきれなかったから、残りは次の休み時間に食べよう——、考え考え続ける。

「琴ノ橋さんが強気で強引な人だからだよ。

自分の要求を男子が受け入れるのは当然みたいに思ってて、告白が断られるなんて考えもしない。そんなプライドの高い琴ノ橋さんが、傘の女性が目撃されてから三日も先輩に連絡できなかったり、今もまだ本人を問い詰めることに踏み切れないんだ。

下手に突っついて、今の関係が壊れるのが怖いんだと思う。だから、俺に恥をさらしてまでこっそり調べてほしいって言ってきたんじゃないかな。

それはつまり……糸口さんて人を本気で好きだってことだろ？　かわ——」

——いいじゃないか、と言いかけて言葉を呑《の》み込む。また雪音に怒られそうだ。呑み込んだ言葉を口の中で素早く噛《か》み砕いて、別の形にして吐き出す。

「……そういう人が浮気されてたってなったら、やっぱり悲しいから」

こういうのがあるから、父さんには悪いけど探偵というのは好きになれない。父さん本人や歴代の助手の人たちから聞く限り、多くの場合、探偵の結果は男女関係にしろ会社同士の関係にしろ、破局をもたらすからだ。

「いやまぁ、八つ当たりされたら恐《こわ》いからっていうのもあるけど……」

最後に情けないことを付け足した途端に、昼休み終了のチャイムが鳴った。

教室の内外のみんながあわただしく動き出す。その騒ぎにまぎれて、双子の反応はよく判《わか》らなかった。

雪音《ゆきね》は次の科目の教科書やノートを机から取り出し、眼鏡をかけながら、

「……もし戸村《とむら》くんが断りづらいなら、わたしから琴ノ橋《ことのはし》さんに言いますよ。一応、クラス委員ですから」

事務的というにはいくらか柔らかい声で言ってくれた。

……そういえば彼女は委員長だった。いい加減なところのある担任の先生が、まだ生徒がよく解《わか》らんからと入試の成績だけを根拠に指名し、雪音もあえて断らなかったから、そのままクラス委員になってしまったのだ。

たしかに頭は良いようだが、いわゆるコミュ力《りょく》には不器用なものを感じる。しかし、彼

女は彼女なりに自分の役割を果たそうとしているようだ。

「いや、だいじょうぶ……それはさすがに情けないし、自分で断るよ」

右隣の委員長はただ、そうですか……と返して授業の準備に戻った。眼鏡のよく似合う横顔は、なにか物思いに沈んでいるようにも見える。変な話をして悩ませてしまったかと思いつつ、そういう静かな表情が似合う子だと、目を惹《ひ》かれた。

……と言って、俺は俺で授業の用意をしないといけない。視線を戻すついでに雨恵《あまえ》を見ると、雪音とよく似た顔に、正反対の表情を浮かべていた。

俺を見て、にっこりと笑っていたのだ。

それは、ハゲワシのハゲた理由を聞いた時によく似た笑顔だった。


午後の授業中は、その笑みの残像がずっと黒板やノートに重なっていたように思う。

とらえどころのない不思議な表情《かお》だった。あるいは肉食の獣が日向《ひなた》ぼっこをしている時の、無邪気に幸せそうな笑みと言うべきか。

さっきまで気だるそうだった雨恵の底の方に、なみなみと生気が宿ったようだった。授業中もちらちらとその横顔をうかがったが、ひたすらつまらなさそうにしていた午前中とは打って変わって眼《め》に力がある。そして、ノートに向かって何事か書き連ねていた。

それでいて授業を聞いている風もなく、先生から指名を受けると全然答えられなかった。

妹に不機嫌な顔をされても、ただへらへらと首を傾ける。

理由はよく解《わか》らない。さっきの話のなにが、この自堕落な少女を刺激したのだろう。

昼下がりの俺は、朝から散々悩んできた浮気話を忘れて、この奇妙な同級生女子のことを考え続けていた。


——午後の授業もそんな雑念に霞《かす》むまま終わり、時は早、放課後になった。

帰り支度をしていると、おもむろに寄ってきた琴ノ橋《ことのはし》さんに、

「じゃ……よろしくね」

と、目を合わされることもなく肩を叩《たた》かれた。下手ににらまれるより恐《こわ》い。リストラを告げられるサラリーマンの気持ちがちょっとだけ垣間見《かいまみ》えた気がした。

バッグに荷物を詰める動作が、自分の胃へ石を詰め込んでいるように錯覚される。雪音《ゆきね》にはああ言ったものの、やはり面と向かって依頼を断ることはできなかった。とりあえず、今日の夕飯は美味《おい》しく食べられそうもない……

「たしかに、言われてみれば思い詰めたような顔をしてましたね、琴ノ橋さん……」

と、これは右隣の山田《やまだ》雪音だ。すでに眼鏡を外していて、教室を出て行く琴ノ橋さんの背中に視線を送っている。

「……明日にでも断るよ」

溜息《ためいき》とともにのろのろと立ち上がり、帰ろうとしたところで——後ろからバッグを引っ張られた。ぐっ……と仰《の》け反《ぞ》ってから振り返る。

うっすら朱《あか》みがかった夕空を背に、座ったままの山田雨恵《あまえ》が俺を見上げていた。窓から差し込む光の中で、きめ細やかな髪からのぞく両の瞳がくっきりと輝いている。

え……？　と声もなく問うと、双子の姉はいたずらっぽく、いたずらのようなことを言ってきた。

「ねぇ、戸村《とむら》くん。

ひょっとしたら、浮気相手なんていなかったのかもしれないよ」

そんな不思議な言葉とともに放されたバッグは、心の石を詰めたはずなのに、羽のように軽かった。


「なに……どういう意味？」

疑わしげに聞き返したのは雪音だった。俺はと言えば、バッグを提げたまま立ち尽くしているのもバカみたいなのでひとまず席に戻る。

「——まずは話を整理しようか」

言いながら雨恵は立ち上がり、自分の机の上に乗って腰を下ろした。目の前でスカートがひるがえって、思わずのけぞってガタッと椅子を鳴らしてしまう。さすがに気を付けたのか、中身が見えたりはしなかったが。

　なんにしても無防備すぎる……妹が口うるさくなるのも当たり前だ。その雪音《ゆきね》は、もうあきらめているのか、机の上に座るという姉の無作法にはなにも言わなかった。

　雨恵《あまえ》はいつの間にかまた靴下を脱いでいた脚を無造作に組み、妹へ目を向ける。

「雪《ゆき》、問題の女たちの特徴を書き出してみて……あー、ほら、そこの黒板に」

　教室の後方、つまり教卓の反対側の壁にも黒板がある。連絡事項を書き込んだり行事のプリントが貼《は》られたりする場所だが、今はプリントが何件かマグネット留めしてあるだけでほとんどのスペースが空いていた。

　雪音は不満げに口を尖《とが》らせた。

「なんでわたしが？」

「字、上手《うま》いじゃん。頼むよ」

　屈託ない笑顔でゴマを擂《す》る姉に、妹はこれ見よがしに嘆息して立ち上がった。チョークを手にして黒板へ向かう。「雨恵《あまえ》」の名の通り、甘え上手な姉のようだ。

「えっと……」

　と、雪音に視線で求められて、俺は改めて調査対象の女性たちの特徴を語った。それを委員長が優等生らしい端麗な筆致で板書していく。幸い、ほとんどの生徒はとっとと帰るなり部活動に向かうなりしているので、黒板を使ってもそう目立たない。

1．傘の女　証言者、初芝《はつしば》さん
名前、不明。写真あり。背丈は糸口《いとぐち》先輩と同程度。派手に染めた長髪、モデル体型。雨の日、先輩のバイト先まで傘を持って現れ、いっしょに帰った。当時は泣いていて、先輩にしがみついていた。

2．朝帰りの女　証言者、琴ノ橋《ことのはし》さん
名前、不明。背丈は先輩と同程度、髪は黒くてショートカット、ジーパンなど体にぴったりした格好。遠目であったため他のことは不明。

先輩が一人で留守番をしていた夜に泊まっていったと見られる。先輩はその事実を琴ノ橋さんに隠していた。

3．ランジェリーショップの女　証言者、糸口先輩の友達
名字は橋本《はしもと》、以下不明。先輩より明らかに背が低い。髪は黒の短髪、ルーズな服を着ていた。

先輩と二人で街に出て、ランジェリーショップへ案内された。二人で歩く姿は親密そうだった。

──つい昼休みに話したばかりだったので、簡潔にまとめられた。それでも書き出すのは一苦労だったのだろう、黒板へ書き終えた雪音《ゆきね》はふぅ……と肩で息を吐《つ》いて席へ戻ってきた。制服を着ていても呼吸で上下する胸が見て取れるあたり、肩こりが激しいのかもしれない。

俺は黒板で几帳面《きちょうめん》に踊る白い文字を眺めて、腕を組んだ。

「……改めて見ると、みんな特徴がかぶってたり違ってたりするんだな」

「なんとも節操なしですね。……で、これがどうかしたの？」

雪音が目を向けると、雨恵《あまえ》は机の上でぶらぶら足を振りながら黒板を指さし、びしっと告げる。

「まず、この三人は同一人物だと考えてみよう」

だとしたら問題は一気に縮小する。だが、

「さっき別人だって言ったのは山田《やまだ》さんじゃないか」

橋本《はしもと》さんは人相が確かでないので「朝帰りの女」と同一人物かもしれない、とした雪音の説を雨恵は否定した。背丈に関する証言が合わないし、先輩の背を比較対象《ものさし》にしたシンプルな基準なので見間違える可能性は低い。

俺の指摘に、雨恵はむっとした顔になった。指摘に気を悪くしたのかと思ったが、

「山田さんは同じ顔のが二人います」

などと言い出した。無駄に丁寧語なのは妹のまねだろうか。視界の端で、雪音がイラッと片眉を上げるのが見えた。

「じゃあ……姉の方《ほう》」

「それはなにか、人格を否定された感じで腑《ふ》に落ちません」

今度は「妹の方」からのダメ出しだ。双子だからといってセットで扱われるのが嫌だというのは、まぁ解《わか》らないでもない。

先生たちは「山田雨恵さん」「山田の姉」などと呼び分けているが、同級生の俺にはピンとこない呼び方だ。琴ノ橋《ことのはし》さんなんかは「雨恵」と呼び捨てにしていた覚えがあるけど……

「なら山田雨恵さん……？」

「んっ？　なぁに、照れてんの？」

雨恵は執拗《しつよう》だった。伸ばした足の爪先で俺の膝小僧をぐりぐりとこね回しながら、挑発するような目でのぞき込んでくる。制服のズボン越しに感じる足指の感触に心臓までこね回されてる自分が情けない。

「仲よくしようよ、お隣なんだから」

——どうせ反撃されないと解っていて、雨恵は明らかに面白がっている。

さっきからなんなんだ……何人もいるはずの浮気相手が一人だなんて思わせぶりなこと言って、机の上から踏ん付けてきて……よく解《わか》らないやつだと思ってたけど、これじゃまるでチンピラだ。

元はと言えば俺が琴ノ橋《ことのはし》さんの頼みを断れなかったのが悪いんだとしても、ここまでからかわれる筋合いはないはずだ。

……このままじゃダメだ、と思う。これじゃ中学までの、クラスの女子にはいいように使われ、姉さんたちのケンカを止められなかった情けない僕《ぼく》のままだ。そんなことだから琴ノ橋さんたちにもナメられるんだ。

俺はなかばヤケクソになって顔を上げ、まっすぐに雨恵《あまえ》を見つめる。そうして、ことさら乱暴に口を利いた。

「雨恵が、別人だって言ったんだろ。なんで同一人物になるんだ？」

やや強引にでも話を浮気相手の件に戻したのは、今の呼び方についての反応を見たくないからだったが。

そういうわけにもいかなかった。雨恵はなにか空気の塊を呑《の》み込むような顔になってちょっと黙って、それから口だけで深呼吸して、俺の頭越しに妹へ言葉を投げた。

「やばいよ雪《ゆき》。よく知らない男子に呼び捨てにされるの、戸村《とむら》くんみたいなのでもちょっとぞくっとする。鳥肌立ったかもっ」

俺みたいなのでも、ってなんだ。やっぱりバカにされてた……

「雨《あめ》はいきなり距離感近すぎ……戸村くんだって困ってるでしょ」

妹の方はさすがに常識的だ。……その言葉はもっと早く言ってやってほしかったが。

一応、確認した。

「そっちは……山田《やまだ》さん、て呼べばいい？」

雪音《ゆきね》と目が合って、一拍置いて目をそらされた。彼女はそのままぽつりと答えた。

「好きにしてください」

閑話休題《それはさておき》。

「……今度こそ話を戻すぞ。三人が同一人物だって根拠はなんだ？」

「うん」

俺の言葉にうなずいて、雨恵は机の上に立ち上がった。俺たちの視線が付いてきているのを確認して、顔の前で人差し指を立てる。

「そもそも、写真があるのは一人だけなんだから、同じ人の可能性があるってのは当然、当たり前だよね」

「いやでも、傘の人とか、髪の色も長さも違うぞ」

黒板を見ながら口にした疑問に、雨恵はあっさりと答えた。

「髪は切ればいいし、色も落とすなり染め直すなりすればいいじゃん」

そりゃ、

「そうだけど……」

「急に趣味が変わりすぎてない？　ばっさりショートカットだよ」

今度は雪音《ゆきね》が首を傾《かし》げる。そうだ、心境の変化にしても極端ではないだろうか。もちろん、人間だからそういう気分になることもあるだろうけど、気まぐれを根拠に自分の推測に沿わせようとするのは、牽強付会《けんきょうふかい》ってやつだ。

それに、もう一つ気になるのは、

「ランジェリーショップに行った橋本《はしもと》さんだけ背が低いのも変だ」

「朝帰りまではヒールの高い靴を履いてたんじゃないかな。それなら、目に見えて背が変わって見えるよ」

姉が二人いるのでその感覚は解《わか》った。上の姉は俺より頭半個分低いが、よそ行きのヒールを履くとほとんど同じ目線になる。女の人はあんなに爪先立ちになって平気なのか？常々疑問に思っていたが、今はそういう話ではない。

しばらく会っていない姉さんの顔を思い出し、やや思考のそれた俺が黙っている内に、雪音が訊《き》いた。

「待って。靴で身長が変わるのは解るけど、ＴＰＯがおかしくない？　街に出てランジェリーショップに入るのに、それまでハイヒールを履いてた人がわざわざ平たい靴を履くのって変だよ」

なるほど。言われてみればおかしな話だ。おしゃれをしに行くのにおしゃれを怠《おこた》る、そんなことがあるだろうか。

「服の趣味も変わっちゃってるし、やっぱり同じ人というのはどうなのかな。髪を切るだけなら失恋とか就職とかで心機一転、って話は聞くけど、服はまた別だと思うし」

続けて雪音に指摘され、しかし雨恵《あまえ》は動じずに指を振った。

「この女の人の変化には……なんて言うか、方向があるじゃん。髪切って、靴を低くして、ゆったりした服着て……えっと、だから……あれだよ、ハゲワシみたいに……」

良い調子でしゃべっていた雨恵だったが、不意に適当な言葉が出なくなったか舌を迷わせる。

ハゲワシ。腐った肉の雑菌を毛に溜《た》めないように、頭の毛がなくなっていった——

雪音の解説を思い出しながら、思わず口を開いていた。

「つまり、だんだんとファッションより生活のしやすさを優先させていったってことか？」

「そうそう！　そんな感じ！」

雨恵はオーバーなアクションで俺を指差した。彼女が前のめりになると緩めたリボンタイが揺れて目を引いてくる。大きく開いた襟元から、あわてて視線を外さなきゃならなかった。

雨恵《あまえ》がなにを言いたいのかまだ判《わか》らないが、正解だと言われて悪い気はしない。ついでに、昼のように眠たげでない、輝くような笑顔も悪くなかった。

雨恵の言う通りに考えると、浮気相手の同一人物説も納得できる気がしてくる。でもやはり、装いを変えた理由が判らない限り、断定はできないだろう。

「うーん……」

という声に振り向くと、雪音《ゆきね》が腕組みして口元に拳を当てていた。ちょっと彫刻の「考える人」に似たポーズだ。

「悪くない仮定だと思うけど、最新の目撃情報はランジェリーショップでしょ。たしか、このあたりじゃけっこう高級なお店だし、その解釈と矛盾するような……」

ファッションを捨てる女性が高級下着は買わない……か？　まぁ自分の服には全く頓着しない下の姉さんなんかは、スーパーの吊《つ》るし売りの下着しか買わないらしいし、そうなのかもしれない。よその家じゃどうだか知らないけど。

雨恵は妹の言葉にうなずき、机の上を歩いて俺の机に乗ってしゃがみ込んだ。妹と目線を合わせ、推論を続ける。

「別に、着ている物をグレードダウンさせようとしてたわけじゃないと思うよ。むしろ、ちゃんと自分に合った下着を仕立てる必要があったんだと思う」

今度は、肯定する意見も否定する意見も浮かんでこない。なんとなく雪音に目をやると彼女も同じような目の色をしていて、俺たちはそろって雨恵に視線を戻した。

「なんでそんなことが判るんだ？」

訊《き》くと、雨恵は黒板に書かれた文字の列からなにかを引き出そうとするかのように目を細め、答えを口にした。

「きっと……この人はお母さんになる人なんだ」

お母さんになる……って。

「妊娠したってこと？」

我ながらバカ正直に確認する。雨恵は俺の机の上で体育座りになった。

「そう。だからお腹《なか》が大きくなる前に髪をさっぱりして、ゆったりした服やヒールのない靴を用意した。余裕を持って赤ちゃんを迎える準備をしたんだね」

「そうか。それで、服や靴と違って簡単に調達できない下着を専門店へ買いに行ったってこと？」

と、これはなにか思い当たったような顔の雪音だ。雨恵は満足げにうなずいて、俺を見た。

「ちょっと前、あたしたちの叔母《おば》さんが赤ちゃん産んでさ。お腹《なか》が膨らむだいぶ前から胸とか張って苦しかったって言ってたから。体に優しい下着は必要だったはずだよ」

それで姉妹ともにピンときたということか。

なるほど、そういうことなら別人のように格好が変わっていった理由は納得できる。とはいえ、

「辻褄《つじつま》は合うかもしれないけど、根拠は弱くないか？」

思い付いた答えに都合いいよう、どうとでも取れるパーツを絵図にはめている感がある。

しかし、雨恵《あまえ》はまだ手札を残していた。

「根拠はあるよ。橋本《はしもと》さんが持ってたお守り」

お守り……糸口《いとぐち》先輩の友達が、落とし物をした橋本さんを追いかける時に目印にしたっていうやつか。あれはたしか……

『ハンドバッグに目立つお守りが付いてたから、混み合っててもなんとか見失わずに済んだ。なんか変わったお守りだったな。「思《おもう》」と「兄《あに》」が混じったような、見たことない漢字が縫ってあって』

という話だったか。

特徴と言えば変わった漢字くらいだが、目撃者の言葉だけじゃよく解《わか》らない。字の大まかなシルエットくらいは伝わってくるけど。

　しかし、これにも雪音《ゆきね》は覚えがあるようだった。衝動的にだろう、ぱんっと両手を合わせて言葉をこぼす。

「あっ……角《つの》なしの『鬼《おに》』の字っ」

「角なし……？」

「はい。『鬼』の一画目、一番上の点が打たれていない字です」

通常の「鬼」　角のない「鬼」

　雪音はわざわざ黒板に書いてくれた。なるほど、糸口先輩の友達が言っていた通り、字体にもよるだろうけどパッと見《み》、「鬼」よりは「思」に見える字だ。

　俺にはまだなんだか解らない。解らないが、姉妹とのやり取りでいろいろな事実の符合が姿を現していくことに胸が急《せ》く。

　さっきまで、この教室の隅っこにはなにもないと思っていた。でも、ここで俺の話を聞いた雨恵には、俺に見えないものが見えているのかもしれない。

　我知らず、勢い込んで尋ねていた。

「この字がなんなんだ？」

思いは雪音《ゆきね》も同じだったのかもしれない。昼までのどこか距離を感じるよそよそしさも影を潜めて、テンポ良く返してくれる。

「この字は、元は人間の子供を食べて殺す悪神《あくじん》だった鬼子母神《きしもじん》が、改心して角を失った事を表していると聞いたことがあります。

そして、改心した鬼子母神は主に安産や子供の守り神とされています」

「そういうお守りを持ち歩いてるってことは、近いうちに子供を産むか産んだかの可能性が高いってことか」

ここまでくると、糸口《いとぐち》先輩の会っていた女性が同一人物だったという説にはそれなりに説得力が出てくる。ちゃんとしたカノジョのいる高校生が、友達にも気付かせずにさらに三人の女性をとっかえひっかえしているというよりは現実的だろう。

しかし……と、見ると、雪音も同じことに思い至ったのか、いたたまれないような顔をしている。

「え……でも、それじゃ……糸口先輩と付き合ってる女の人が、妊娠してるってことにならないか？」

そもそも、浮気相手は減っただけで消えてはいない。それが身重となると、事態《こと》はむしろ悪化してはいないだろうか。

「琴ノ橋《ことのはし》さんが知ったら気絶しかねないぞ」

雨恵《あまえ》は唇に手を当てて首を傾《かし》げた。

「ぁー……それも面白そうだけど」

「おい……」

「じょーだんじょーだん。最初に言ったじゃん。浮気相手なんていなかったんじゃないの、って」

そうだ。たしかに雨恵はそう言った。自堕落で気だるげで、いつもどこかに寄りかかっているようなやる気のない仕草はそのままに、不思議のような知性を眼《め》に宿して。

そんな、ふにゃふにゃとつかみ所のない少女は、俺の机に腰かけたまま脚を伸ばした。どこかネコ科の生き物を思わせる、肉付きが薄くしなやかな脚だった。

そんな自分の爪先を見つめながら、雨恵は続ける。

「この女の人が家族なんだとすれば、浮気相手ではないよね……まぁ、フツーは」

「そりゃそうだ。結婚してるなら名字が違ってもおかしくない。けど……」

俺は記憶を探った。先輩の家族については、たしか琴ノ橋さんが言っていたはずだ。

「糸口先輩の家は四人家族で、その女性は妹さんじゃないんだ。まさかお母さんってこともないだろうし」

写真を確認しても、いくらなんでもそんな歳《とし》には見えない。どう見積もっても、せいぜい二十代半ばに見える。

「だいたい、他に家族がいるなら、琴ノ橋《ことのはし》さんや糸口《いとぐち》先輩の友達だっていう人は話くらい聞いてるんじゃないの？」

雪音《ゆきね》も疑問を呈する。雨恵《あまえ》はなにか記憶《あたま》の中を眺めるように天井を仰いだ。

「糸口先輩がこっちに引っ越してきたのは三年前……だっけ？」

「え？　ああ……うん。たしかそうだ」

その時に乗った飛行機で観《み》た映画に感動して、映像関係の仕事に就きたがっているという話があった。

「問題の女の人が三年以上前に糸口家を出てたなら、中学からの友達でも知らなくて不思議じゃない。ンでもって、新しい家には居たことがないんだから、マリーが『家《うち》は四人家族』と紹介されたとしてもそうおかしくないでしょ」

「それじゃ、糸口先輩の……お姉さん、になるのか？　その人は」

「たぶんね。あたしがそう思う理由はもう一つあるんだ。

糸口先輩の友達がその女の人を見た時、直前に会ってたのに糸口先輩の妹と見間違えたって話、あったよね？　そばに糸口先輩がいたから、っていうのもあるだろうけど、先輩の妹と似た服を着てたっていうのも理由だった。

それが、その物ずばり、妹の服だったとしたら？」

それなら、ついさっき顔を合わせた相手を見慣れた別人と見間違えるのも解《わか》る。経済的な事情などで楽な服を用意できなかったお姉さんが、妹さんから服を借りたのかもしれない。ひょっとしたら、そもそもお姉さんのお古だったのかもしれない。

「で、その時には先輩の妹さんは合宿を終えて家に戻ってるわけで、勝手に服を借りられる状況じゃない」

琴ノ橋さんが見た時、女性はまだゆったりした服を着ていなかった。その後から体が変調して、それをやわらげるために服や下着が必要になったのだろう。

そうなると——と、思い当たったことが、口を突いて出た。

「あ、そうか。もし問題の女性が先輩の浮気相手だったなら……」

「琴ノ橋さんと仲がいいという妹さんは、服を貸したりしない。逆に、相手がお姉さんなら自分の服を提供することに抵抗もない」

言いかけた言葉の続きは、雪音が拾ってくれた。向こうもなかば無意識に考えを言葉にしてしまったのだろう。なんとなく目を見合わせて、雪音はちょっとうろたえたようだった。口を「ぁ」の形にして、でも声にはせずに、頬を赤くする。

なぜだかこっちまで照れくさくなってできた間《ま》に、机に四つん這《ば》いになって乗り出してきた雨恵が入り込んできた。

「そう！　だから、あたしの結論として——」

そして遠吠えする狼《おおかみ》のように天井を見上げ、人差し指を突き上げながら宣言する。

「そもそもこの浮気事件、事件じゃないっ」

——雨恵《あまえ》がそう締めくくった後、しばらく誰も口を開かなかった。

その考えに欠陥がないか、黒板に書いた内容を確認したりして検討してみる——結果、少なくとも俺には問題は見つからなかった。

雪音《ゆきね》も同じように黒板をにらんでいるが、なんだか不服そうな顔をしている。なにか悔しそうな様子にも見えた。

気付けば教室にはもう誰も残っていない。春の夕日は真っ赤に染まっていて、山田《やまだ》姉妹のもともと明るい色の髪を強火で燃やしていた。校庭から聞こえてくる運動部の野太いかけ声が、まるで別世界からの呼び声に感じられた。

そんな中、雨恵はにこにこして俺たちの反応を待っている。授業中のやる気のない態度とはまるで別人だ。眠そうで、だるそうで、何事もテキトーだった目が、フル回転した頭のスパークを映してでもいるかのように輝いている。

そんな彼女は、ひかえめに言って……魅力的だった。

「すごいな……もちろん確認はしないといけないけど、なんでそこまで判《わか》ったんだ？」

俺は雨恵に訊《き》いてみた。さんざんからかわれたことを思い出すとなんだか悔しいけど

……降参だ。

雨恵《あまえ》はまだ俺の机の上に居座っている。俺の言葉にきょとんとして、それからもどかしげな声を出す。

「ゑぇぇー!? それを今まで説明してたんじゃん！ 聞いてた？」

突き出された雨恵の素足に胸のあたりを突っつかれて、俺は椅子ごと倒れそうになった。

「き、聞いて納得したから不思議なんだよ。普通、あれだけとっちらかった情報の中から今みたいな結論は出せないと思うぞ」

ボンクラの俺は元より、入試トップクラスの雪音《ゆきね》にだってそんな曲芸じみた思考はできなかったのだ。

「……雨恵は昔から、勉強はできないけど、こういうおかしな問題に行き合うと変に知恵が回るんです」

年季の入った双子だけに、雪音は姉の思考力には驚いていないようだ。ただし、呆《あき》れてもいるようだった。

その呆れられた姉は、後頭部に手を当て、照れたように笑った。

「えへへ。ほら、勉強って勉《つと》めて強《し》いるって書くじゃん。ファシズムだよ。ファシズムよく知らないけど」

つまり、興味を持てば尋常でない集中力を発揮するが、興味のないことには一切身を入れて取り組めないということだろうか。生真面目で責任感の強そうな妹とは、まさに正反対の性格だ。

……ともかく。

俺は椅子から立ち上がった。見上げてくる雨恵に、小さく頭を下げる。

「とにかく、助かった。後は……そうだな、適当な理由を付けて糸口《いとぐち》先輩に会って、お姉さんがいないか訊《き》いてみる」

面識のない上級生に突撃するのは気後れするが、浮気を追及したり浮気相手を見つけ出すよりは何万倍も楽なミッションだ。それでお姉さんの存在が確認できれば話は終わる。

もしお姉さんがいなかったら……まぁ、その時に考えよう。

しかし、少なくとも今この時、俺は山田《やまだ》雨恵の考えを支持している。ここまで成立した理屈が偶然とは思えない。だから、

「ありがとう山田さん。話、聞いてもらってよかった」

顔を上げて、素直に礼を言う。

……が、反応は返ってこず、雨恵は半眼になって無言で俺を見つめてくる……どうやらごまかせないようだ。恩がある以上、無視もできない。

俺はなんとなくネクタイをいじって、浅い呼吸を挟んでから言い直した。

「ありがとう……雨恵」

「うひゃぁ。やっぱ、なんかカユいや」

自分で言わせといて、雨恵《あまえ》は体を抱き締めるようにしてもだえている。世話になっておいてなんだけど、めんどくさいやつだな……

「て言うか、名前くらい言われ慣れてるだろ……？」

「家族や女友達にはね。でも、ここ何年も男子には言われてなかったし」

意味が解《わか》らず首を傾《かし》げると、雪音《ゆきね》が補足してくれた。

「中学ではずっと別クラスでしたから。二人とも『山田《やまだ》』呼びされてました」

そして高校は始まったばかりだから、名前で呼ぶのは俺だけということか……なんだろう、余計に恥ずかしくなってくる。顔が熱い……

俺が戸惑うのとは交代に鳥肌も収まってきたか、雨恵はちょっとだけ真面目な顔を向けてきた。

「でも、あたしが今みたいに考えられたのは、戸村《とむら》くんのお陰なんだよ」

「俺……？　え、でも――」

俺はただ、琴ノ橋《ことのはし》さんたちから聞かされた話を整理して姉妹に話しただけだ。

しかし雨恵は、うン、と深くうなずいた。

「戸村くんはさ、マリーに無茶《むちゃ》振《ぶ》りされたことを、マリーの性格の悪さと取らないで、先輩に対するいじらしい乙女心の表れだって考えたでしょ？」

そういえば、そんなことを言った気もする。琴ノ橋さんのそういう必死さもあって断りづらかったのは確かだ。メインは女子グループが恐《こわ》かったからだけど。

「女の子のワガママ一つにも、その子のゴーマンさとか、不安だとか、強い恋心だとか、いろんな側面がある。

だったら、三人に見える謎の女が、実は一人の女かもしれない——

そんな風に思い付いたから、さっきの考えは出てきたんだよ。て言うか、その発想がなかったら考えてみようともしなかったし。カップルの浮気だとか痴話喧嘩《げんか》なんて、なんも面白くないからね」

面白いかどうか。それが、怠惰な雨恵が持つ行動原理の全てらしい。人の困り事に向き合う姿勢としてどうかと思うのに、不思議と悪い感情が浮かんでこない。

初めて会うタイプの相手だった。俺の隣にいて、別の世界を見ている。見せてくれた。

「だからさ、戸村くんのお陰」

そんな雨恵から感謝のように言われても、どうにも受け取りづらい。

言っていることは解る。俺の言ったことがスイッチになって回路がつながり、今回の推論を組み上げられたということだろう。それにしても、やはり雨恵の思考のジャンプ力は普通じゃないと思う。

「……まるで、『群盲象《ぐんもうぞう》を評《ひょう》す』だね」

俺たちの会話を聞いていた雪音《ゆきね》が、ぽつりと言った。象……？　と目で問いかけると、すらすらと説明してくれた。

「たしかインドの説話で、目の不自由な人たちが一頭の象を撫《な》でた時、それぞれ全く別の感想を言うという話です。足に触れた人は柱だと言ったり、耳を触った人は扇だと言ったり……象くらい大きいと、手探りでいくら撫でてみたところで全容は知れません。目の不自由な人を見識の狭い人の例えにしているところがあって、その面では旧弊でナンセンスな話です。でも、物事の一面を見て全体を知った気になってはいけない、という戒めとしては今でもたびたび引き合いに出される寓話ですね」

さすが委員長、博識だ。そしてまさに今回の一件を表すような話だった。

派手な「傘の女」は象の鼻、髪をばっさり切って心機一転した「朝帰りの女」は象の脚、母親になる体に合わせて装いを変えていく「ランジェリーショップの女」は象の胴、結婚したことで変わった橋本《はしもと》という名字は象の尻尾――それらのパーツを一望できる視野を持てれば、一頭の象、一人の女性を見出《みいだ》すことができる。

その考えに及ばなかった反省からか、雪音は目を閉じて重めの吐息を胸元に落としている。いやまぁ、普通は思い付くもんじゃないと思うけど。

そうして妹から姉に目を移せば、窓外に広がる夕空を眺め、なにやらしみじみとつぶやいていた。

「乙女心は象よりずっと大きいってことだね……知らんけど」

知らないのかよ……

それはそれとして、いい加減、俺の机から降りてほしかった。

◇

糸口《いとぐち》先輩に話を聞きに行くのは明日にするとして、その日はもう帰ることにした。

双子と象を追っていた時間は体感より長かったようで、部活に入っていない俺としては例にないくらい遅い帰路になってしまった。春なのでまだ明るいが、冬だったらそろそろ暗くなるくらいの時間だ。

教室からの流れで、山田《やまだ》姉妹と連れ立って歩いている。俺も彼女らも電車通学だから、駅まではいっしょだ。

学校での怠惰ぶりとは裏腹に、雨恵《あまえ》は意外と歩くのが速い。俺と雪音は数歩分遅れて歩いていた。

よくしゃべる雨恵が先に行ってしまうと、俺と雪音ではどうにも間が持たない。中途半端な時間なので他の生徒の姿もなく、雪音はうつむき加減で黙々と歩いている。

俺は、あっさり沈黙に耐えられなくなった。

「あー……遅くまで付き合わせちゃって、ごめん」

この際なので言いそびれていたことを告げる。雪音《ゆきね》は一瞬肩をびくっと震わせて、それから小さく咳払《せきばら》いした。

「いえ、戸村《とむら》くんを引き留めたのは雨《あめ》……雨恵《あまえ》ですし。それに……ああいうの、嫌いじゃないですから」

「？　ああいうの？」

答えはちょっと返ってこなかった。そうして無視されたかと落ち込みかけた頃、ぽつりと返ってきた。

「……………謎解き、みたいな」

「……なんでそんなに恥ずかしそうなの？」

雪音はなにかうらめしそうにこちらを見た後、また視線を前に戻して口を尖《とが》らせる。

「なんか、子供っぽいじゃないですか」

そうかな？　と思ったが、重ねてそれを訊《き》く前に駅へ着いてしまった。

電車は双子と逆方向になる。階段からプラットホームに上がり、電車を待っていると、向かい側のホームに双子が現れた。

雨恵の方がすぐにこちらへ気付いて顔をほころばせる。それだけで頬が熱くなった。気恥ずかしかったから。だと思う。

とりあえず気付いたことだけを目顔で示すと、雨恵は周りの客も気にせず、やにわに大きな声で言ってきた。

「言うの忘れてたっ。ありがとね戸村くん。

今日はさ、高校に入ってから、一番楽しい放課後だった！」

その声は帰宅時《どき》の雑踏にもかき消されず、ホームを越えてくっきりと耳に飛び込んできた。いつもはうっそりと大儀そうに話す雨恵だけど、こんなに伸びのある声も出せたのか。

雪音がぎょっとして姉の袖《そで》を引っ張っている。恥ずかしいからやめて的なことを言っているのだろう。

同感だ。

俺も恥ずかしいからやめてほしい。

そして同感だ。

「俺も、楽しかった！」

そう言えたのは、電車がホームに入ってくる轟音《ごうおん》にまぎれるのが解《わか》っていたからで、そんな卑怯《ひきょう》な男の声は彼岸の双子には届かなかっただろう。

ただ、電車に遮られる前に見えた雨恵《あまえ》の顔は、にかっと笑っていた。

The Reversi in the Last Row of the Classroom

Episode #1

The Sleuths VS. an Elephant

or: A Scandal of Kotonohashi

Fin.

エピローグ1　そしてプロローグ2.

いざ顔を合わせてみると、糸口起雄《いとぐちたつお》先輩は予想と全く違う感じの人だった。

顔立ちはハンサムと言っていいと思うが、髪型は無造作で寝癖が残っていたし、顎の縁に沿って無精ヒゲが目立つ。この人が、モデルみたいなルックスをこれ見よがしな琴ノ橋《ことのはし》さんの彼氏というのは意外としか言いようがなかった。

駅で双子と別れてから一夜明けた、昼休み。一年生教室が並ぶ三階からてくてくと階段を降りて二階の二年生教室。

先輩を訪ねた口実は「誰の物だか判《わか》らないハンカチを拾って、その時に先輩とお姉さんがどこかへ去っていくのを見たから確認してほしい」というものにした。

糸口先輩の顔を知っていたのは、琴ノ橋さんに彼氏自慢されたことがあるからと説明し——あながちウソじゃない——、見せたハンカチは雪音《ゆきね》から借りた女物だ。

なぜお姉さんだと思ったかという点は、先輩がそう呼んでいたのが聞こえた気がするし、そういう雰囲気だったから、と至ってファジーな理由付けをしておいた。ハンカチを拾った日時もあえて明言しなかった。

ボロが出ないよう一から十まであいまいな言い方をしたわけだが、人の良さそうな先輩は疑う様子もなく、

「ああ……じゃあ一昨日《おととい》かな。だとしたら参ったな……姉貴、家に帰っちゃってもういないんだ。でも、そのハンカチは姉貴の趣味じゃないし、違う人のだと思うよ。わざわざ確かめにきてくれてありがとうな」

「い、いえ」

お礼まで言われてしまった。理由があるとはいえ騙《だま》しているのが心苦しい。

それじゃ交番に届けときます、と適当に言って、俺はそそくさと退散……する前に、確認しておいた。お姉さんがいたというだけじゃ、まだ不安が残る。

「えっと……お姉さん、遠くの人なんですか？」

琴ノ橋《ことのはし》さんの友達だと名乗ったのがよかったのだろう、糸口《いとぐち》先輩は思いのほかあっさりと話してくれた。

「ああ……何年も前に嫁へ行ったんだけど、最近妊娠したのが判《わか》って、不安になったみたいでさ。母さんや俺らに会いにきたんだけど、半分駆け落ちみたいな結婚だったから親父《おやじ》とは顔を合わせづらくて……俺や妹とは外で会ったり、親父のいない時間に家へ来てたりしたんだ」

なるほど……密会じみたシチュエーションになったのはそのせいか。

「母さんにいろいろアドバイスもらったり、久しぶりに弟妹《おれたち》に会ってだいぶ落ち着いたからって帰ってったんだけど……最初は堕《お》ろすの堕ろさないのって大変でね。鞠《まり》ちゃんにも姉貴のことは情緒不安定で、だいぶみっともないことになってたからさ。鞠ちゃんにも姉貴のことは言ってなかったんだよ」

なんてこった……傘の女性《ひと》が泣いていた理由だとか、見送りの時に先輩が近所の目を気にしていた理由だとか、残っていた謎が根こそぎ解けてしまった。て言うか鞠ちゃんて呼ばれてるのか琴ノ橋さん。

「幸い、鞠ちゃんと姉貴は顔を合わせないですんだし、いやぁ、よかったよホント」

いやいやいやいや……よくない。全っ然、よくないですよ先輩。

そのせいで琴ノ橋さんに追い込みをかけられ、俺がどれだけ心臓に悪い時間を過ごしたと思ってるんだ……とは思ったが、この流れでは言い出せないし、事情を考えれば、糸口先輩がなにかしら悪いことをしたわけでもない。だから、

「ぁ……はい。ホント、よかったです」

俺は引きつった笑顔を返して、階段の方へ歩き出した。

こうとなれば、先輩のお姉さんが元気な赤ちゃんを産んでくれることを祈るだけだ。

そうでもないと、割に合わない。

「お疲れーっ」

「うわっ⁉」

溜息《ためいき》を吐きながら階段への曲がり角に入ったところで、腕をつかまれた。

何事かと見れば、山田雨恵《やまだあまえ》だ。ほとんど腕に抱きつくようにして食い付いてきている。

スレンダーな体型の雨恵とはいえ、この密着は俺を混乱させ、言葉を失わせるのに十分だった。

「どうだった？　先輩、なんだって？」

結果が気になって後を尾《つ》けてきていたらしい。昨日《きのう》の放課後と同じように目を輝かし、俺の顔をのぞき込んできている。

「なんだか思いのほか朗《ほが》らかな感じでしたけど」

と、これは双子の妹、雪音《ゆきね》だ。俺と雨恵の間に割り込んで、雨恵を引き剥《は》がしてくれる。

……助かった。本当に助かった。まばらとはいえ階段には生徒の姿もある、その真ん中で女子に組み付かれているのは非常に据わりが悪い。

実を言えば、さっき糸口《いとぐち》先輩にお姉さんの有無を確認した口車は、雪音が考えてくれたものだった。俺も昨日の内に考えてきてはいたのだが、雪音の案の方が自然で安全そうだったから拝借したのだ。

彼女も、昨晩から考えてくれていたらしい。

「話は教室で聞きましょう。ここでうだうだしていたら、昼食の時間がなくなります」

それだから、事務的な口調で言われても面倒見のよさだけを感じ取れた。

向いてないかとも思ったけど、雪音が委員長というのは天職なのかもしれない。


放課後、琴ノ橋《ことのはし》さんたちに残ってもらって調べた結果を報告した。どんな結果にしろ、もっと時間がかかると思ったのだろう。琴ノ橋さんは最初、疑わしげだった。が、話を聞くに内に目を丸くして、終わる頃には口を開けっ放しにして放心していた。

「え？　マジで？　なんか証拠あんの？」

琴ノ橋さんの代わりに訊《き》いてきた初芝《はつしば》さんの疑問に、俺は答えを用意していた。

「今なら、お姉さんがいるのか訊けば答えてくれると思うよ、糸口先輩。不安なら妹さんに訊いてみればいい」

話の内容よりむしろ、昨日の朝に囲んだ時にはビビっていた俺が平然と話していることに信憑性《しんぴょうせい》を感じたのだろう、初芝さんたちは納得してくれたようだった。

よかったじゃん鞠《まり》、ウワキじゃないって、などと友人たちから声をかけられ、琴ノ橋さんはようやく我に返った。昨日の俺と動揺具合が逆転したように手を意味もなく動かして、舌をもつれさせながら口を開く。

「ウソ……………き、昨日頼んだばっかりなのに解決しちゃうとかスゴくない？　て言うかありがと……あ、ぁっ、お金とか払うのかな？　探偵だし――」

「いや、要らないよそんなの！　ほとんど働いてないし！」

俺はあわてて制止した。実際、ほとんどの手柄は雨恵《あまえ》の物だし、それだって午後の授業をサボっただけの労力だ。

「はぁ…………よかった……ぁ」

しかし琴ノ橋《ことのはし》さん、報告する前までの高圧的な態度がウソのようだ。どちらが素の琴ノ橋さんなのかは判《わか》らないけど、少なくとも昨日までの彼女は精神的にささくれ立って、余裕がなかったのだろう。

胸に手を当てて安堵《あんど》の息をこぼす琴ノ橋さんを見ていると、いずれ自然に解決したであろうこの一件を、今日の内に解決できたことにも意味があったと思える。今さらになって達成感のようなものが胸に込み上げてきた。

……なにはともあれ、高校入学早々俺を襲った厄介事《やっかいごと》はこれで完全終了だ。

ピンチを切り抜けられたのは言うまでもなく両隣の双子のお陰で、この恩はいつか返さなければならないだろう。そういう意味で負債は残ったけど……まぁ、そう重いものでもない気がした。

そっくりな顔《かお》で正反対の表情《かお》をした双子を思い出すと、そんな風に思えた。

◇

体育は得意でも苦手でもない。

琴ノ橋さんの件が解決してから一週間ほど経《た》ったある日の午前、俺はグラウンドの競走《トラッ》路《ク》に並んでいた。ちょうど、先生の合図とともに前の走者が走り出す。

今日の授業は一〇〇メートル走のタイムを計る。先生から走行フォームの簡単な指導なんかあったけど、基本は中学とあんまり変わらない気がする。

ついこの間、体力測定で五〇メートルのタイムを取ったばかりだし、正直あんまりモチベーションは高くなかった。怪我しない程度に頑張ろう。

……などと思っていたのだが。

「とーむらー、かっとばせー」

女子の授業も陸上で、順番待ちしているらしい山田《やまだ》姉妹ががっつりこちらを見物していた。姉はビール片手に野球観戦する休日のサラリーマンみたいにへらへらして。姉に付き合わされているらしい妹は疲れたような顔で。

他にも男子が走るのを見物してにぎやかしている女子はいるのだが、ぼっちに片足を突っ込んでいる俺をピンポイントで見に来ているのは彼女らだけだった。

……なんだろう。すごく恥ずかしい。

「仲いいんだな」

と、言ってきたのは隣のレーンを走る久賀《くが》くんだ。引き締まった長身と短髪、いかにもアスリートといった風貌をしている。自己紹介の時はたしか、中学から陸上部だと言っていた。

ストイックな彼の言葉だけに、からかう意図はないようだった。単に感想を述べた感じだ。だから、俺もフラットなトーンで答えた。

「……そうでもないと思う」

「ふぅん。じゃあ、やっかみに気を付けた方がいいかもな。姉貴の方、モテるらしいぜ」

「え、そうなんだ……」

思わずうめいてしまったけど、解《わか》らないでもない。性格のふざけた部分を知らなければ、誰にでも距離感の近い雨恵《あまえ》は好意を持たれやすいだろう。

……妹も、顔はほぼ同じなんだけど……

と、並んで座っている山田《やまだ》姉妹——姉はだらしなく両足を投げ出し、妹は手本のような体育座りをしている——を盗み見る。なんとなく雪音《ゆきね》と目が合うと、彼女はうつむいてしまった。

……なんか拒否られてる感あるんだよな。

それは俺だけでなく、クラスの誰に対してもだ。話しかけられて無視するようなことはなく、受け答えも筋が通っている。けど、そこから話を膨らませることなく、すとんと打ち切ってしまう。

結果として、面白みのない堅物のようなイメージを持たれてしまっているようだ。実際には、感情表現の豊かな面もあるんだが。

なにかもったいないような、俺だけ知っていることがちょっと誇らしいような、複雑な気分だった。

そうこうしている内に、俺と久賀くんが走る番になる。クラウチングスタートのためかがみ込む前の一瞬、雨恵が身を乗り出すのが見えた。

期待してもらってるところをなんだけど、手抜きにならない程度に流すだけだ――

「ぜー……はぁっ……はぁっ……ぜー……」

結局。

俺は全力も全力、走りきった直後に転ぶ寸前まで力を尽くして走り抜いた。

……いや、別に女子に見られて張り切ってしまったとか、いいところを見せたかったとか、そんな理由じゃない。純粋な気持ちで授業に取り組んだだけだ。本当だ。

……それはさておき、脇腹痛《いて》ぇ……

落ち武者のような足取りで男子のグループに戻ろうと歩いていると、呼び止められた。

「なんだよー、負けてんじゃん」

言うまでもなく山田雨恵《やまだあまえ》だ。言葉は責めているが、表情《かお》はにやにやして俺の消耗っぷりを面白がるものだった。

雨恵の言う通り、俺は俺で自己新——中学以来だから当たり前だけど——だったにもかかわらず、隣を行く久賀《くが》くんには及ばなかった。彼の方は走り終わった後も平気そうで、本気でもなかったろうに。

「いや、久賀くん陸上部だから。途中まで付いていけただけで十分だと思う」

地力の差を思えば、雪音《ゆきね》のフォローに甘んじるべきなのだろう。しかし、これだけ本気で走ってまったく歯が立たなかったのは少しだけ悔しい。

一方、雨恵はまったく的外れなことを言い出した。

「久賀くんが陸上部なら、こっちは探偵じゃん」

「はぁッ……探偵は……はぁ……関係ないだろ……」

息を整えながら言い返してから、そもそも自分が別に探偵ではないことに気付いたが訂正する余裕もない。

「ええー？　でも探偵って体力勝負みたいな印象あるけどなー。そうだよねぇ、雪《ゆき》」

「え？」

急に話を振られて、それでも雪音はさして迷わずに答えた。

「それは、まぁ……かのシャーロック・ホームズも『探偵は馬車の後ろにしがみつく技術に熟練していなければならない』と言ってるからね。体力は大切だよ」

そんなこと言ったのかシャーロック・ホームズ。言っちゃなんだけど、今の時代に聞くとシュールな発言だ。と、俺が思っている横で雨恵が、

「マジで？　なんかアホっぽいこと言うね、ホームズ」

「アホじゃないよ名探偵だよっ‼」

ものすごい勢いで妹に怒られていた。俺は、感想を口に出さないで本当に良かったと思った。

結局、雪音のお説教は姉妹が走る番だと初芝《はつしば》さんが告げに来るまで続いた。

去り際、雨恵は髪をポニーテールにまとめ上げながら俺に顔を寄せ、片目を閉じてささやいてきた。

「まー、敵《かたき》は取ってあげるからさ」

なにが敵なのかはさておき、それは口先だけではなかった。女子ではクラスで一番だか二番だかのタイムを叩《たた》き出したらしい。

しなやかな手足を野生動物のように瞬発させる雨恵の姿は、普段は怠惰さが台無しにしている天賦の才を感じさせた。昼寝の習慣といい、ネコ科の血でも入ってるんじゃないだ

ろうか。

……陸上部の久賀《くが》くんに負けた俺でさえ悔しかったのに、あんなサボり魔に負けた運動部女子の無念はいかばかりか。察するに余りある。

さて、勝ち誇った顔でこちらにVサインなどしてきている雨恵《あまえ》の妹、雪音《ゆきね》はと言えば。

ただでさえタイムがあまり良くなさそうだったのに、ゴールと同時、盛大にコケた。あわてて先生が駆け寄るとすぐ起き上がったので深刻な怪我はしなかったようだが、膝をすりむいた上に片足をひょこひょこしている。

あちゃあ、捻《ひね》ったかな……？

先生に続いて雨恵も駆け寄り、二、三言交わしてから妹を支えて校舎の方へ歩き出した。保健室へ行くようだ。

…………

なにかを迷っている内に全員がタイムを取り終え、授業の終了を告げるチャイムが鳴り響く。

先生が解散を告げるなり、俺は双子を追って走り出した。

「あー……えと、だいじょうぶか？」

雪音が怪我をしているせいで二人の移動は遅く、校舎に入る前に追いつけた。声をかけると、雨恵が珍しい顔をして振り向く。

「あ、戸村《とむら》くんっ！　ちょうどよかった！」

顔面蒼白の必死な表情だ。……なんだ？　雪音はそんなに悪いのか？　と、身構える間もなく、雨恵は俺の腕を引き寄せながら早口に続けた。

「あたしトイレがピンチなの！　雪《ゆき》ちゃんを頼んだ！」

左足が痛むらしい妹の肩を強引に預けながら、校舎の中に走って行ってしまう。

「え？　ちょっと、雨《あめ》!?」

ぽかんとしている俺と同様、雪音も狼狽《ろうばい》している。二人して、お互いの顔と雨恵の背中を見比べている内に雨恵の姿は校舎へ消えてしまった。

一瞬、面倒事を押し付けられたのかと思ったが、あの顔色は演技ではないだろう。本当にピンチだったのなら……まぁ、しかたない。

俺はやや腰を落として、肩の高さを合わせた。

「あ……じゃあ、行こうか」

雪音の肩の温もりにむずがゆいものを感じながら言うと、不器用なクラス委員はためらいがちに小さな声を出した。

「ごめんなさい。お願いします……」

ふらつく女性を運ぶのは酔っ払った姉さんを運ぶので慣れているけど、同級生女子にそれをするのは全く別のことだった。まず、ひっつきすぎて嫌がられないかというところから始めなければならない。

ましてて体育の直後だ。お互い汗をかいてるから触《ふ》れる場所にも気を遣わなきゃならないし、俺は特に、汗を吸った体操着が雪音《ゆきね》の起伏に富んだ体を浮き上がらせている事実から意識をそらさなければならなかった。

なまじ黙っているから、お互いの呼吸と、それに応じて腕の内側を伝う脈動が感じ取れてしまう。ジャージの上着を着てくればよかったと今さら後悔した。

女子の腕の細さや柔らかさに驚きつつ表情《おもて》には出さず、心を無にしてゆっくり歩みを進めることしばし——校舎に入ったあたりで、間が持たなくなった。

雪音が上履きを履き替えるのを待って、また肩を貸しながら、話を振ってみる。

「あの……推理小説とか好きなの？」

「え？　なんで……」

「さっきシャーロック・ホームズの言葉とかすぐ出てきたし、この間も謎解きみたいの好きだって」

「まぁ、その……好きです。マ、マニアってほどではないんですけどね」

照れなくてもいいのに。と思ったが、間近で見る彼女の照れ顔は……なんと言うか、マニアックな良さがあるような気がしないでもない。

そんな雪音は、今も血がにじんでいる自分の膝小僧を見下ろしてぽつりとこぼした。

「でも……こんな運動音痴じゃ探偵には向きませんね。双子なのに、雨《あめ》とは酷《ひど》い差……」

「そんなこと……あ、でも、現場に行かない名探偵ってのもいるよな」

沈んでいた彼女の顔が、にわかにホップした。

「安楽椅子探偵《あんらくいすたんてい》ですか？」

「そう、それ。家の椅子に座ったまま遠くの事件を解決するって意味だったっけ」

「そうですけど、これにはいろんなパターンがあって——」

それから少し、安楽椅子探偵にまつわる雪音の講釈が続いた。あの日の放課後、浮気相手の正体を検討していた時と同じ、活《い》き活きとした顔で。

「……でも、よく知ってましたね」

「最近見た動画で話してたんだよ。なんかマスクで顔を隠した、俺たちくらいの年齢《とし》の子がミステリー小説のレビューを——」

言いかけた頃にはもう、保健室が間近に迫っていた。だが、言葉を切ったのは視線を感じたからだった。

——保健室のすぐ近くにある職員用トイレから出てきた雨恵《あまえ》が、わざとらしく口元に手を当てながらこちらの様子をうかがっている。こちらが気付いたと見るや、ぺたぺたと軽薄な足取りで近寄ってきて、言った。

「いやいや、二人ともすっかり仲良しじゃん。なんかトーク弾んじゃってさ」

「いるんならさっさと声かけろよ」

俺は照れ隠しも混じった文句を言ったが、雨恵《あまえ》が相手ではのれんに腕押しだった。

雪音《ゆきね》はと言えば、ぎこちなく俺から身を離して、保健室をノックしている。先生は不在のようだった。

「雨《あめ》、消毒とか手伝って」

「はーい」

そうして二人は、ようやく保健室へと入っていく。戸を閉める前、雪音は半面だけ振り返って俺を見た。

「あの……」

「ん？」

「送ってくれて、ありがとうございました」

「っ………」

俺は斜め上の方へ視線をさまよわせ、「うん」とか「いや」とか、どっちつかずの返事を何度か言った。

顔の火照りが冷めた頃には双子はもう保健室に入っていたけれど、雪音の微笑した気配だけがうっすらと廊下に残っていた気がする。

……結局、体育の授業も休み時間もあの双子に振り回されてしまった。全力疾走した疲労と、打ち解けない感のある雪音と二人きりでいた気疲れに大きな息が落ちる。

でも、まぁ……雪音の趣味とか知れたし、少しは受け入れてもらったと思っていいのだろうか。もしそうなら、疲れた甲斐《かい》はあった。

しばらくは、あの双子にはさまれた席でやっていくのだ。仲良くするに越したことはない。この間みたいな探偵《こと》はもうやらないにしても。

……と、そう思っていたのだが。

俺たちの「探偵」は、まだ続いていた。

そして、この時に知った雪音の推理小説趣味が次の面倒事《ケース》に思わぬ形で役立つことを、まだ誰も知らなかった。

◇

「あの……ちょっと相談したいことがあるんだけど」

と、そんな風に話しかけられたのは、数日経《た》った昼休みのことだった。

琴ノ橋《ことのはし》さんの時と似た状況だが、案外に既視感はない。

まず場所が違う。話しかけられたのは教室の俺の席で、弁当を広げ始めたタイミングだ。

そして話しかけてきた相手は、琴ノ橋《ことのはし》さんと違ってひかえめな雰囲気の男子だった。

同じクラスの津木《つぎ》くんだ。席は遠いが、自分から立候補して図書委員になっていたからよく憶《おぼ》えている。全体的に線が細い印象で太縁《ふとぶち》の眼鏡が似合う、いかにも読書好きな男子だ。

俺はなんとなく弁当箱の蓋を閉め直し、机の前に立つ津木くんを見上げた。

「え……相談……って?」

女子相手のような緊張はしないものの、同じくらい戸惑った声が出る。まともに話すのも初めての同級生に「相談」とはなんだろう。

要領を得ないでまばたきする俺に、津木くんもまた自信なげに答えてくる。

「ほら、女子の間でウワサになってるでしょ、戸村《とむら》くん、無料《ただ》で探偵してくれるって」

……おい。

「待って。なんでそんな話になってるんだ?」

「違うの? なんか初芝《はつしば》さんが言ってたのが聞こえたんだけど」

なに言ってくれてんだ初芝さん《あのおんな》……と、教室の中を見回すも、例によって教室内に初芝さんは見当たらなかった。代わりに、ぷぷぷ、探偵だって……と含み笑いしている雨恵《あまえ》が視界に入ったが、ひとまず無視しておく。

どうしたもんか……と俺が頭を抱え、津木くんは雲行きの怪しさに戸惑っている。そん

な中で、

「いったい、どんな相談事なんですか？」

口を開いたのは——意外と言うべきか当然と言うべきか——右隣の席のクラス委員だった。何事もてきぱきとしている雪音《ゆきね》はもう弁当を食べ始めていたが、箸を止めて津木くんの方を見ている。

津木くんは「ぁ、委員長」と口の中でつぶやいて雪音に向き直った。よほど困っているのだろう。とにかく誰かに話を聞いてもらいたいらしい。

「それがその……『機械城殺人事件《きかいじょうさつじんじけん》』の犯人が知りたいんだ」

「は………？」

意味が解《わか》らなかった。そして正直、これ以上ウワサを広めないためにも、津木くんには悪いが話を聞くこともなく断りたかった。

しかし。

そんな俺の足が、机の下でぎゅっと踏まれた。左足だ。つまり左隣の山田《やまだ》雨恵に踏まれている。見ると、午前中はずっと眠たそうに細められていた目に好奇心の光が宿っている。

そして、

「聞くだけ聞いてあげればいいじゃん。ねっ……戸村くん」

いつも通りの、気だるげで投げやりな声で言ってくる。しかし俺の耳には、「聞け、面白そうだから」と有無を言わせぬ要求に聞こえた。

助けを求めるべく、姉の掣肘役《せいちゅうやく》である妹を見るが、雪音《ゆきね》は雪音で、津木《つぎ》くんの発言が推理小説好きの琴線に触れたらしくうずうずとして俺を見返してきた――『マ、マニアってほどではないんですけどね』という、恥ずかしげな声が耳の中によみがえる。

こちらは雨恵《あまえ》と違って遠慮がちだったが、それだけにその上目遣いの視線には逆らいがたいものがあった。

そしてなにより、俺はこの姉妹に大きな借りを作ったばかりなのだ。

「…………とりあえず、詳しい話を聞かせてくれるかな」

俺の言葉に含まれた苦渋のニュアンスには気付かず、津木くんは顔を輝かせた。

第二話．史上最薄殺人事件

……また、けったいな話を聞いてしまった。

津木くんに相談を持ちかけられた翌日、朝のホームルームが終わって一時間目の授業を待つ休み時間。教室の中は昨日《きのう》の出来事や今日の予定をわいわい語り合う明朗グループと、スマホや雑誌を眺めている黙々グループに塗り分けられている。

俺はと言えば——腕組みして、机の上を見つめていた。

次の時間の教科書に混じって、『機械城殺人事件《きかいじようさつじんじけん》』がそこにある。

「なーに、また見てんの？　それ」

ふわふわと空に浮いていくんじゃないかってくらい軽い声をかけてきたのは、左隣、窓際の席の山田《やまだ》雨恵だ。机の上にはなにもなく、のったりと頬杖《ほおづえ》を突いてこちらを眺めている。

朝も早いので常にも増して眠たげだ。とろんとした目付きと甘いような声音は、直後の大あくびを見なければドキリときたかもしれない。

雨恵のせいで問題を抱え込むはめになったというのに無責任極まりない態度だ。不思議と腹が立たないのは、刹那的な楽しみだけに全力投球する雨恵《あまえ》の性格が解《わか》ってきたからだろうか。

「ひとまず引き受けちゃったんだから、どうにかしないとだろ」

一応、やや険悪に言ってはおく。雨恵は一向にこたえず、にやにやと返してきた。

「そんで、なんか進展した？」

「………いや全然」

だから今日も憂鬱なのだ。雨恵の気楽さがうらやましい。見習いたいとは思わないが。

「そう簡単に解決するなら、津木《つぎ》くんも他人《ひと》を頼ったりしないでしょうしね」

そろそろ唐突に話しかけられても驚かなくなった。右隣の席、山田《やまだ》姉妹のしっかり者の方、山田雪音《ゆきね》だ。彼女の机の上にはテンプレートでもあるかのようにきっちりと教科書とノート、筆記用具が配置され、その上でカバーのかかった文庫本を開いていた。

姉とは真逆に姿勢よく背筋を伸ばした雪音のシルエットは、女子制服のサンプルのように理想的な稜線《りょうせん》を描いている。窓から入る朝の光が眼鏡のレンズにたゆたって、いつもまっすぐな雪音の瞳に一種神秘的な彩りを加えていた。

俺はそんな雪音の姿を一瞬ならず盗み見て、それから机の上へ目を戻した。

そこにはやはり『機械城殺人事件《きかいじょう》』がある。

それはジュブナイル・ミステリーであり、かつて雪見《ゆきみ》ミステリー文庫というレーベルから発売された作品だった。「名探偵　幌目十六彦《ほろめそろひこ》の事件簿」というシリーズの最終作らしい。

雪見ミステリー文庫は同じ雪見書房のライトノベルのレーベルから派生したものであるため、表紙にはコミック調のイラストが使われイラストレーターも明記されている。裏表紙には大まかなあらすじが書いてあった。これだけ見るとただのライトノベルだ。

ただ、雰囲気を出すためめか、推理小説系のレーベルに倣ってカバーの返し——中身の文庫本体の表紙に引っかける部分だ——に登場人物紹介が載っていた。反対側の返しには著者の略歴などが書かれている。

それだけだ。

本当にそれだけだ。

俺の机に載っている『名探偵　幌目十六彦の事件簿5　機械城殺人事件』には中身の文庫本がなかった。

ただ表紙のカバーだけが、空《むな》しく、ある。

「…………これでどうしろって言うんだ？」

教室に一時間目のチャイムが鳴り響くのを頭上に聞きながら、俺は思わず独りごちていた。

◆

話を昨日の昼休みに戻そう。

昼休みもそう長くないし、津木《つぎ》くんの相談は弁当を食べながら聞くことになった。津木くんが自分の机から弁当を持ってきて、俺の机で向き合う。……左右の双子からの好奇の視線をひしひしと感じながら。

そうして津木くんは、問題の『機械城殺人事件《きかいじようさつじんじけん》』（カバーのみ）を俺と彼の弁当箱の間に置いたのだ。

「これなんだけど……」

俺は反応に困った。裏表紙の紹介文から、どうやらライトノベルのカバーらしいということくらいしか判《わか》らない。

「なにそれ？　マンガ？」

まず発言したのは、弁当のレタスをシャクシャク咀嚼《そしやく》しながら首を突き出してきた雨恵《あまえ》だ。俺以上に津木くんと面識が薄いはずだが全く遠慮がない。

津木くんの方は、当たり前のように介入してくる雨恵に困惑したようだった。咄嗟《とつさ》に返事ができない。

「マンガじゃなくてライトノベル。小説だよ」

俺が答えると、雨恵は「なんだ小説か……」と露骨に興味を失《う》せさせながら首を弁当箱の方へ戻した。活字嫌いの小学生か。

「それは……雪見《ゆきみ》ミステリー文庫ですか」

入れ替わるように、雪音《ゆきね》が話に入ってきた。食事中は眼鏡を外しているので、きゅっと目を細めて俺の机を見つめている。

「知ってるのか？　……えっと、山田《やまだ》さん」

雪音は「山田さん」呼びでよかったんだよな……などと心中で思い出しながら訊《き》く。雪音は「はい」と小さくうなずいた。

「雪見ミステリー文庫は、雪見ファンタージェン文庫から派生した、ミステリーに特化したライトノベルのレーベル……ということになっています」

「ということになってる？」

「実際には、謎解き要素のほとんどない作品も多々ラインナップされていて、末期はミステリー要素より恋愛要素が重要視されていたみたいです……と言っても、一〇年以上前に刊行が止まっているので、わたしもほとんど読んだことありませんが」

「へぇ、そんなに古い本なのか……」

ちょっと驚いた。ライトノベルってそんなに前から売ってて休刊したりしてるのか。目の前の『機械城殺人事件』のカバーは少し傷《いた》んでいて背表紙の上あたりが破れていたが、

PP加工された表面はテカテカで古びた印象はない。主役格らしい青年と少女が描かれた表紙イラストもアニメ調で今風だ。まさに十年一日というところだろうか。

「さすが委員長、詳しいね」

そんな古い本の話がすらすら出てくる雪音《ゆきね》に、話を持ち込んだ津木《つぎ》くんが感嘆と戸惑いの視線を送る。雪音は彼の目から逃れるようにうつむいて、いえ……と短く言った後、弁当のきんぴらごぼうを口に運んだ。

好奇心旺盛なところは姉とそっくりだが、人見知りなところは全然似てない。相変わらず極端な姉妹だった。

なんか悪いこと言ったかな……という顔になる津木くんが気の毒になって、俺は話を本題に戻す。

「それで、この本……のカバーがどうかしたの？」

「ああ、うん。これは図書室の倉庫で見つけたやつで、シリーズの最終巻……のカバーなんだ」

たしかに『機械城殺人事件《きかいじょう》』というタイトルの上に四分の一くらいの大きさの文字で「名探偵　幌目十六彦《ほろめそろひこ》の事件簿5」とある。

「それより前の一巻から四巻までは蔵書にあって、誰でも読めるようになってる」

「ここの図書室、ライトノベル置いてるんだな……」

津木くんは緊張を緩めて笑った。図書委員に立候補しただけあって、本の話が好きなのだろう。

「ああ、僕もちょっと驚いたけど、けっこういろんな本が入ってるよ。この本が出た頃は特に要望が多かったみたいで、昔のマイナーなラノベもたくさんあるんだ」

「そんなに本を増やしたら図書室に入りきらなくなるんじゃないか？」

この学校の図書室は入学式の翌日に見学したきりだが、常識的な広さで、外に倉庫がある様子もない。素朴な疑問を口にすると、津木くんは笑みをやや苦いものにした。

「収納できなくなった古い分は図書館に寄贈したり、きちんと手続きした後で希望者が持って帰ったり、どうしようもなかったら処分したり……あとはバザーに出したりね。

この本も、なにかの手違いで中身だけバザーに出しちゃったみたいなんだ」

それでカバーだけが空《むな》しく残っちゃってるのか。うなずく俺に、津木くんはようやく話を前に進めた。

「で……今回の相談も図書室利用者からの要望でね。この本の中身が手に入らないかって。四巻まで読んだのに最終巻だけ読めなかったらモヤモヤするからね」

「買えば？」

ものすごく直球な言葉は、桜でんぶの載っかった御飯を箸でつまみ上げている雨恵《あまえ》だ。ミもフタもないが、俺も同感だった。文庫本一冊買う予算も厳しいのだろうか？

「それが無理なんだ。絶版なのはもちろん、ネットで古本を探してもほとんどヒットしない。あっても恐ろしいプレミアが付いてて、とてもじゃないけど手が届かない。どうもレーベル末期で出荷数を絞ってたみたいで、当時から入手困難だったみたいだ。そんなだから、近隣の図書館にも入ってない」

なるほど、現物を手に入れるのは難しそうだ。でも、

「……それじゃ、俺に相談されてもどうにもならないと思う」

ある意味、琴ノ橋《ことのはし》さんの時以上の無理難題だ。経済力の問題では、バイトもしていない高校生にはなにもできない。

断られそうな流れを察してだろう、津木《つぎ》くんは掌《てのひら》を前に出して「待った！」のジェスチャーをしながら早口に続けた。

「うん！　だから、この本その物を手に入れるのはあきらめる……て言うか、こっちで探し続ける。戸村《とむら》くんに頼みたいのは、最初に言った通り犯人捜しなんだ」

「犯人って——」

さすがに察しは付いた。

「この小説の中で起きる……殺人事件の犯人ってこと？」

「そうそう。この五巻を読みたいって言ってる利用者は、最低限、犯人を知りたいって言ってるんだ」

「──それは邪道ですね」

しばらく黙っていた雪音《ゆきね》の鋭い声に、津木くんばかりか俺までひやりときた。読書家の彼女にはなにかこだわりのポイントだったようだ。俺もまぁ、どうかとは思う。

「……推理小説を読みたいのに推理をすっ飛ばして犯人を知ったって、意味ないんじゃないかな？」

俺の言葉に、雪音もふんふんとうなずいている。それどころか、津木くんまであっさり「まぁそうなんだけど」と言い出した。

「『名探偵　幌目十六彦《ほろめそろひこ》の事件簿』は一巻ごとに区切られたミステリーであるのと同時に、シリーズ物のストーリー小説でもあるから。

四巻の最後で、五巻の犯人が、謎に包まれていた物語全体の黒幕を突き止める手掛かりだって宣言されたんだよ。だから、どうしても五巻が手に入らないなら、黒幕の正体だけでも知ってシリーズの結末を見届けたいってことみたいだ」

「うーん……まぁ、ミステリーの犯人だけ知りたい、よりは解《わか》るか」

俺は期待せず、でも一応、確認しておいた。

「ネットにネタバレが転がってたりは……」

「なかった。関係するキーワードを手当たり次第にチェックして、ミステリーやラノベ関係の掲示板のログとかも漁《あさ》ってみたけどダメだったよ。図書委員にパソコンに詳しい人がいて調べてもらったから確かだと思う」

やっぱりお手上げなのでは……？

改めてカバーを手に取ってみると、表紙から裏表紙にかけて美青年と女の子が歯車やゼンマイ、その他機械部品の奔流に呑《の》み込まれている絵柄のイラストがまず目に入る。続いて裏表紙に横書きで書かれたあらすじ。表紙側の返しに登場人物紹介、裏表紙側の返しに作者の略歴なんかが載っている。

あらすじは、こうだ。

鞍馬亭《くらまてい》の惨劇をからくも解決した名探偵幌目十六彦《ほろめそろひこ》とアルバイト助手後流愛鈴《あとらいいすず》の凸凹コンビ！　しかし、それは新たな事件の幕開けだった。息つく間もなく依頼を受けた十六彦と愛鈴は、代々の当主が屋敷の機械仕掛けによって命を落としているという鬼海家《おにかい》の豪邸、またの名を機械城《きかいじょう》へと招かれる。殺害予告のあった当主を守るべく調査を開始する十六彦だったが、努力も虚《むな》しく当主・匠《たくみ》は密室に斃《たお》れた。探偵の失態に、宿敵ジュワン・ルージュの嘲笑が響き渡る！　著者渾身《こんしん》のジュブナイル・ミステリー、堂々の完結！

……個人的にはちょっと面白そうなあらすじだ。これだけあって本編が読めないのが悲しい気持ちは解《わか》る。そんなことを思いながら、返しにある登場人物紹介を見る。

鬼海匠……明治以来の大富豪・鬼海家の当主。60歳。厳格で疑《うたぐ》り深い鬼海家の絶対権力者。殺害予告を受ける。

鬼海則子《のりこ》……匠の後妻。45歳。元は鬼海家のメイド。

鬼海工一《こういち》……匠の長男、先妻との子。28歳。すでに事業を譲り受けている、鬼海家の優秀な後継者。

鬼海切子《きりこ》……匠の長女、則子との間にもうけた子。19歳。望まぬ政略結婚を控える。

左《ひだり》 真吾《しんご》……切子の婚約者。25歳。大手建機メーカーの御曹司。

久能剣二《くのうけんじ》……古くから鬼海家と取引する貿易商。44歳。チャイニーズマフィアと関わりがある。

李王機《リーワンチー》……久能の紹介で屋敷に寄宿する、中国からの留学生。21歳。画家を志し鬼海家の援助を得るが、切子と恋に落ちる。

幌目十六彦……名探偵。眉目秀麗だが変人気質の青年。

後流愛鈴……幌目探偵事務所のアルバイト助手。


変な豪邸のややこしい一家と、彼らに群がる怪しげな人々。

推理小説を読んだ経験はそんなにないけど、わりとコテコテの配置に見える。ドラマや映画でリメイクされる昭和の探偵小説はみんなこんな感じだという印象があった。

最後に著者の略歴だ。

猫ヶ洞開路（ねこがほら　かいろ）
第一回雪見《ゆきみ》アーリーミステリー大賞で銀賞を受賞してデビュー。ライトノベルのテイストを持ちながら偏執的なまでに本格ミステリーのルールを守った作風で、逆に異端児として各界から評価を受ける。デビュー作にして代表作である本シリーズの完結に当たって、特に力を入れて作風を徹底させた。これから新境地を模索する予定。

著者近影の位置には太った猫を擬人化したイラストが載っていた。

津木《つぎ》くんの言うことを総合すると、右の情報だけを頼りに、このカバーの中身が文庫本一冊をかけて突き止めた犯人を見つけなければならないということになる。

……いや、しつこいようだけど無理だろ、これ。

今度こそ断らねばと顔を上げると、手を合わせて拝み倒さんばかりの津木くんが目に入ってきた。

「難しいと思うけど、戸村《とむら》くんは琴ノ橋《ことのはし》さんがずっと悩んでた問題をたった一日で解決しちゃったんだろ？

司書の先生に聞いた話だと、最近はスマホのせいで利用者が少なくて、図書室はなにかと肩身が狭いみたいなんだ。利用者の要望にはできるだけ応えたい。……なんとか、ならないかな？」

実直そうな彼が困っているのを見ていると、なんだか他人事《ひとごと》のような気がしなくて。

俺は、またしてもなし崩しにうなずかされてしまっていた。

◇

……などと昨日《きのう》の出来事を反芻《はんすう》している内に午前の時間は過ぎ行き、今日も昼休みはやってくる。

今日は図書委員の当番だとかで津木くんは図書室に行ってしまった。琴ノ橋さんと違って催促はないだろうが、遠慮がちに進捗をうかがわれるのもそれはそれでツラいので助かった気分だ。

「はぁっ……」

すぐに弁当を食べる気にもならず、思わず溜息《ためいき》を吐《つ》いていると横顔に視線を感じた。右隣からだ。見ると、果たして山田雪音《やまだゆきね》が何事か言いたそうにこちらを見ている。

「……どうかした？」

不器用なところのあるクラス委員は反射的に否定して、弁当の包みを開こうと巾着を緩めてから、ふと手を止めてこちらへ向き直った。

「あ、いえ……」

姿勢よく背筋を伸ばして、体ごと向きを変えてきた彼女に、俺はなんか失礼な気がして自分も座る向きを変えた。正面から見合う格好になる。雪音《ゆきね》はちょっと怯《ひる》んだようだったが、意を決して口を開いた。

「実は、読んでみました。えっと……その――」

言わんとすることを察して机から『機械城殺人事件《きかいじょう》』のカバーを取り出す。雪音はふんふんとうなずいた。

「ぁ、もちろん、五巻の中身《それ》じゃなくて、シリーズの最初の一巻です。図書室で借りて」

そうか……手掛かりは他にもあったんだ。ストーリーが連続しているという前作までの内容も、間接的に犯人を示す可能性はある。でも、

「わざわざ読んでくれたんだ」

依頼されたのはあくまで俺だ。自分で思い付かなかったのは痛恨だけど、指摘してくれれば自分で読んだのに。

「……その、今回は雨《あめ》のせいで断れなくなったところもあったみたいですから。それに、こういうの読むの、好きですし」

相変わらず硬い語りの中、最後の「好きですし」のところだけ声がほころんだ気がして、頭の中がなにか花の色になった。

本当に好きなんだな……こういうの。

しかし相手が真面目に話しているのになごんでいるわけにもいかない。

「それで……なにか判《わか》った？」

「いえ、なにも……あえて言うなら、著者の紹介に書いてある通り、ミステリーとしての形式やフェアプレイにこだわる作家のようですね。あとがきによれば、ミステリー作品『っぽさ』が出るよう、登場人物一覧を自分で作ってカバーに載せてもらったそうですし。一巻を読む限り、ちょっと地味ですが丁寧に伏線を提示してラストの推理ショーで一気に回収する奇麗な手際です。わりと好みですね」

うーん……せっかく読んでもらったけど、肝心の伏線とかが読めない状況ではやはりどうにもならないか。

「逆に言えば、各巻、事件はすっきり独立して完結しているようなので、前の巻から次の巻の犯人を予測するのは難しいと思います。……ごめんなさい、助けにならなくて」

しゅんと肩を落とす雪音。どうやら本気で責任を感じているようだ。悪いのは、煽《あお》るだけ煽っておいてその後は知らんぷりを決め込んでいる——小説の話だと判った途端に興味を失《な》くしたようだった——雨恵《あまえ》なのに。

俺は、自分でも意外なくらいうろたえた。

「い、いや！　それが判《わか》っただけでも前進だよ！　……て言うか、津木《つぎ》くんには悪いけど、こんなペラ一枚で犯人を捜すのが土台無理なんだし」

慰めになると思ったわけでもないが、そもそも不可能であることを示すため、カバーを雪音《ゆきね》に差し出す。雪音は名刺でも扱うかのように丁寧な仕草で受け取り、律儀に眼鏡をかけて目を落とした。

「しかし……改めて見ると、ライトノベルとは思えないくらいオーソドックスな推理小説ですね。この最終巻は特にミステリーの作法にこだわったようですし――」

「作法？　ミステリーにそんなのあるの？」

続けてなにか言いかけた雪音を遮ったのは、それまで黙っていた雨恵《あまえ》だった。なんのことはない、四時間目の最後の方から居眠りをしていて、今になって目を覚ましただけだ。

だから今の質問は半醒半睡の寝ぼけ声で、しおらしくしていた雪音のまなざしがやにわに険しくなった。その怒気が、目を擦《こす》りながらあくびを噛《か》み殺している姉に向けられたものだと解《わか》っていても、手前にいる俺は背筋に冷たいものを覚えた。

それでも、真面目な妹は憤懣《ふんまん》を押し殺した声で答えを返す。

「……まぁね。有名なのはノックスの十戒《じっかい》とかヴァン・ダ――」

「ちょっとそれ見して」

雪音が話している途中なのに、なにに喰《く》い付いたのか、にわかに興味が湧き上がったらしい雨恵はずいいっと身を乗り出して『機械城殺人事件《きかいじょう》』のカバーへ手を伸ばす。

しかし雨恵と雪音の間には俺の席があるわけで、あわてて仰《の》け反《ぞ》って目の前を横切る雨恵の体を避《よ》けなければならなかった。ふわりとそよぐ髪から柑橘《かんきつ》系のいい匂いがして、罪悪感に似たなにかで胸が詰まる。

一方、目を伏して話していた雪音は突然にカバーを引っ張られて混乱したようだった。

「ちょっ……雨《あめ》、やめてっ、破れちゃうから――」

自分が手を放せばいいのだが、「預かり物で大切にしなければいけない」という意識が同時に働いて混線したのかもしれない。雪音は姉に引っ張られるままに腰を浮かせ、ようやくカバーを奪い取った雨恵が椅子に戻った時には――

バランスを崩して、俺の膝の上に倒れてきた。

避ける暇も支える暇もない。なにか、小さな「ゆ」の付く擬音で表現される感触が膝いっぱいに押し付けられて、俺の頭は真っ白になった。

「ぁ……あっ……！」

おそらく雪音も同様なのだろう。自分の体重で胴を圧迫されているせいもあってか意味のないうめき声だけを漏らし、とにかく立ち上がろうと身をよじっている。

反射的な動作なんだろうけど、コタツの掛け布団になったような、手足に力の入れづらい体勢だ。俺の膝が不安定なせいもあって、自力で体を起こすのは地味に難しい。加えて言えば、どうも雪音《ゆきね》は体を動かすのが得意でないようだ。

彼女の意に反して、いたずらに俺の膝へ体を押し付ける結果になっている。机と俺の体にはさまれる形になっているせいで、ずり落ちて逃げることもできない。

のしかかられた俺はと言えば、自分のものではない、自分より柔らかな体重が脚の上でうごめく初めての感触に、どうしていいか解《わか》らなかった。肩を貸すのとはわけが違う。お互い、そうそう他人から触られることのない位置同士だ。それがぎゅうぎゅうに密着してしまっている。

助け起こすにしても雪音の胴に触れなければならず、それは知り合って日の浅い男子高校生には難しい決断だった。

「ん？　なにやってんの雪《ゆき》。春からバタ足の練習？」

真っ先に助けに入るべき彼女の姉は、見入っていたカバーから目を離して呑気《のんき》なことを言ってくる。

そして雪音が助けを請う目をして見上げたが……雨恵《あまえ》は『機械城《きかいじよう》』のカバーに注意を引かれているらしく、すぐ手元へ目を戻してしまった。

「ぐっ……あ、め……ぇ！」

息苦しそうに怨嗟《えんさ》の声を上げる雪音。彼女が声を出すと膝に密着したお腹《なか》が震えて、俺は腿《もも》をくすぐられているようだった。

……ダメだこれ。早くなんとかしないと……ダメだ。理性がアレだ。

「ごめん……山田《やまだ》さん、ちょっとお腹持つよ」

早口で宣言して雪音の腹に腕を回し、立ち上がりながら彼女の体を持ち上げる。酔っ払って帰ってきた姉さんを介抱することもあるので、動作自体は慣れている。ただ、物心付く前から知っている姉を適当に布団に放り込むのとでは緊張感が全く違った。

姉よりは軽かったが、それでも同級生一人分の体重は軽くない。小さくうめきながら、椅子から立ち上がる。

「ぐっ………山田さん、立って」

「え？　ぁっ……はいっ」

抱き上げられた猫のような姿勢で一瞬床から浮いたタイミングで、雪音は足を地面に付けてようやく立ち直った。腕に重みがなくなったのを感じて、吐息とともに体を離す。

解放された雪音は台風に吹かれたような酷《ひど》いありさまだった。いつもきっちり着こなしている制服はしどけなく肩からずり落ちかけていて、傾いた眼鏡の奥は軽く涙ぐんでいる。眼鏡を外してこちらを見た彼女の頬は真っ赤に上気していた。うるんだ瞳で俺をぎろりと睨《にら》んだかと思うと、すぐ目を背けて頭を振る。俺に怒るのが筋違いだと解るだけの冷静さは残っていたようだ……助かった。

おそらくは高校入学以来、最大の屈辱だろう。一〇〇メートル走でコケた時より何倍も恥ずかしそうにしている。幸いにして直近の席の連中はパンを買いに出たり食堂に行ったりしているので、この醜態を見られたりSNSで拡散されたりする事態は避けられた。

そんな悲惨な彼女を前にして、

「あ、あの……」

と、口を開きかけて、なにを言っていいか解《わか》らない。ごめん、と言っては変だし、ありがとうございます、と正直に言っては変態だ。

「……わ……忘れてください」

俺が言いよどんでいる内に、雪音《ゆきね》はただそうとだけ言った。乱れた息を整えながら制服を直す仕草がむやみに扇情的だった。

俺は微妙に目をそらしながらうなずいた。忘れられる自信はあんまりなかったけど。

「なんでまた……この人に……」

もごもご言いながら手鏡とにらめっこし、ひとまず身繕いを終えると、怒れるクラス委員は雨恵《あまえ》の背後へと回り込んだ。今さらになってカバーを読み込むことに集中している雨恵は気付いていない。

そして――妹は姉の頭頂に容赦ないチョップを振り下ろした。

「痛《いで》っ!? ――いきなりなにすんのさ雪《ゆき》!」

今度は雨恵が涙ぐんで、背後の雪音を振り返る。そのおでこに、さらにチョップが追い打たれた。

「それはこっちのセリフ！　わたしが雨《あめ》のせいでどんな目に遭ったか……！」

肩と声を震わせる雪音の気持ちも解る。解るぞ、うんうん、と、眺めていたら、「どんな目」の内容を思い出したらしい雪音と目が合った。色の抜けかけていた彼女の頬に再び血が上った。

「忘れてください！」

「は、はい……」

しばらく目を合わせない方がよさそうだ。俺はひとまず弁当の用意をすることにした。

「だいたい、ミステリーの作法がどうとか訊《き》いてきたのは雨の方でしょ。なんで人が話してる時にちょっかい出してくるの？　小学一〇年生なの？」

その間にも雪音の説教は続いている。それに答える雨恵の声は、まるで子供のワガママだった。

「とにかく知りたかったんだよー。……なんだっけ？　ボックスの一〇回《じゅっかい》？」

「ノックスの、十戒《じっかい》」

区切って強調しながら訂正する雪音に、雨恵は「そうそう、それそれー」と適当に言いながらスマホを取り出した。黒猫のストラップが主人に似た軽薄さで揺れる。

「ウィキに載ってるかな？　ノ・ック・ス・の……」

「ちょっと待って」

さっそく検索しようとする姉を、雪音《ゆきね》はスマホを取り上げて止《と》めた。

「なんで調べようとしてるのか知らないけど、ウィキペディアはいろんな人が編集してるからいい加減な情報も多くて、使いこなせば便利だけど気を付けないとガセをつかまされることも多いの。アンソニー・ホロヴィッツも言ってた」

「誰よホロビッツさん……？」

雨恵《あまえ》が鼻白んで聞き返した名前を、俺は偶然、知っていた。

「『カササギ殺人事件』書いた人？」

思わず口に出してしまう。なんかいろんな賞を獲《と》ったとかって推理小説だ。言った後で、また雪音に睨《にら》まれるかと思ったが、彼女は一転、顔をほころばせた。

「え、知ってるんですか？　ウィキペディアについて言ってたのは違う作品でですが」

「読んではいないんだけど……最近見てる書評の動画みたいので紹介されてたから」

「えっ!?　ど……動画………っ、そうですか……」

？　別におかしなことは言ってないと思うけど、雪音の反応がぎこちない。気になったが、雨恵のせっかちな問いに遮られた。

「ウィキでダメならどうやって調べんの？　雪《ゆき》、全部覚えてたりする？」

雪音はあわてて向き直り、小さく首を傾《かし》げた。

「完璧に覚えているかというと、ちょっと自信がないかも……でも、調べるのはすぐにできるよ」

「だから、どうやって？」

口を尖《とが》らせて答えを急《せ》かす姉に、雪音は嘆息した。

「利用者が減るわけだ……」

その言葉で俺も理解した。教室《ここ》からすぐに利用できる、調べ物に適したリソース。

つまり今回の問題の始まった場所――図書室だ。


あれから一分もしない内に、俺たち三人は図書室に向かっていた。この校舎は大まかにHの字型になっていて、左右の縦線が教室棟と特殊教室棟、それをつなぐ横線部分にその他の施設がある。図書室は、二階の横線部分ほぼ全体を占めていた。

一年生の教室からだと、階段を降りて十数メートルで着く。その短い道中、俺は隣を歩く雨恵に愚痴っていた。

「……弁当を食べてから行くんじゃダメだったのか？」

「まーまー、善は急げって言うじゃん。今、調べたかったんだよ」

雨恵はその答えを、琴ノ橋《ことのはし》さんの疑惑を解消した時と同じ笑顔で口にした。ついさっきまで眠たげだった眼《まなこ》が、バックライトでも仕込んであるかのように輝いている。

こうなると止まらないだろうし、止めたくない。

あの日の放課後に感じた、この風変わりな女子といっしょにこんがらがった事実を解きほぐしていく快感は、たった一度でクセになりそうな代物だったから。

もっとも、さすがに今回の「事件」は、薄っぺらすぎてどうにもならなそうに思えるが……

あの時にいたもう一人、雪音《ゆきね》はどう思っているのだろうか。と前を行く背中を見やる。

この中で唯一図書室を利用している彼女は、迷いない足取りで先頭を行っていた。

先ほどの失態を得意分野で取り返そうという気かもしれない。気にしなくていいのに
……と雪音の後頭部を見ていると、不意に脇腹を小突かれた。雨恵《あまえ》の肘だ。

なんだよ、と目を向けると、雨恵は声を潜めてとんでもないことを言ってきた。

「ねーねー。戸村《とむら》くんてさ、家《うち》の雪《ゆき》のこと好きなの？」

「はぁ？」

思わず大きな声を出しそうになって、あわてて押さえる。

「……なんで急にそんな話になるんだ？」

それはまぁ、決して嫌いな相手じゃない。ちょっとキツいところもあるけど筋は通していると思うし、なんだかんだ親切で優しいところも垣間見《かいまみ》える。

「この間は肩を寄せ合って、雪も珍しく楽しそうだったし」
雪音に肩を貸して保健室に向かっていた時のことだろう。たしかに、安楽椅子探偵《あんらくいすたんてい》につ
いて話している時の雪音は、夢中で、楽しそうで……まぁ、端的に言って可愛《かわい》かった。
先ほどの「接触事故」も悪い思い出ではない。俺は前世でどれだけ巨大な善行を積んだ
のだろうと疑問に思うくらいに、悪くない思い出だ。しかし、それと恋愛的な意味で好き
かどうかはまた違う話だろう。
雨恵は、そんな思考を読んだかのように続けた。
「さっきなんか、膝に乗っかられてデレデレしてたじゃん。せっかく邪魔しないであげた
のに、さっさと助けちゃってさ。あーあ、もったいない」
……わざと妹の救難要請を無視したのか、あれ。
「いや、それは非道《ひど》いぞ……けっこう傷付いてるんじゃないのか」
真面目で繊細そうな雪音のことだ。家族以外の男にあんな風に密着されて、相当に不愉
快な思いをしたのではないだろうか。
しかし鬼畜な姉は、へらへらと笑って手を振った。
「いいのいいの。雪は見ての通り四角張って周りと打ち解けないし、特に男子への当たり
が強すぎるからね。さっきのあれみたいに、少しは男の子へ慣れていかないと」
それはどうだろう。忌避感が募っただけかもしれない。しかし、

「意外と妹のこと考えてるんだな……」

雨恵《あまえ》は、器用にも歩きながら胸を張った。

「まぁね、お姉ちゃんだからね。雪《ゆき》が丸くなれば、あたしにもガミガミ言わなくなるかもしれないし」

「自分のためかよ……」

「そりゃ、変な男が相手だったらあたしも嫌だけど、戸村《とむら》くんなら無害そうだし。初心者向け男子って感じ？」

「無害そうって……」

「実際、そうだったじゃん」

「そうだけど……」

なにか釈然としない。初心者向けってつまり、男性未満ってことじゃないか。だから雨恵もこんなに――

と、不意に雨恵の足が止まって、つられて俺も立ち止まる。見ると、図書室の前に着いていた。

そして入り口の前に立った雪音《ゆきね》が、なにか不衛生なものでも見るような目をこちらへ向けてきていた。

「ずいぶんと仲良しですね」

たしかに――雪音に聞こえないように小声で会話していた俺たちは、いつの間にか顔が近くなっていた。俺はあわてて身を離したが、時すでに遅しだ。

気付いた時には、雪音は一人で図書室へ入っていた。引き戸がぴしゃりと閉まる。

自分でもどういう顔をしているか解《わか》らない俺と違って、雨恵はしゃあしゃあと口角を上げ、鼻で笑った。

「残念、フラれた」

……別にフラれてはいない。

機嫌を損ねた委員長を追って図書室へ入ると、まず受付に座る津木《つぎ》くんが目に入った。ちょっとふくよかな感じの女子から本の返却を受けているようだ。

向こうもこちらに気付いたようだが、仕事中なら邪魔するべきじゃないだろう。お互い目顔であいさつして通り抜け、閲覧用の机や自習スペースのあるエリアへ入っていく。本棚が並んでいるのはさらに向こう側だ。

雪音はすぐに見つかった。蔵書検索の端末に張り付いて、目にも留まらぬタイピングで本を探してはメモを取っている。いつの間にか眼鏡をかけていた。

「どう、見つかった？」

雨恵が、何事もなかったかのように脳天気な声で呼びかける。今度は雪音が声を潜める番だった。

「大きな声出さないで……図書室だよ」

「そんなに人いないいじゃん」

雨恵《あまえ》の言う通り、図書室の閲覧・自習ブースにはほとんど人気《ひとけ》がなかった。試験前などは違うのかもしれないが、中間試験もしばらく先の今は自習ブースで雑誌を眺めている人が二人ほどいるだけだった。

津木《つぎ》くんも言っていたが、これだけ利用者が少ないようだと施設として危機感を抱くレベルなのだろう。今回の相談も、存外に切実な話なのかもしれない。

「それでも、マナーだよ。さっきは戸村《とむら》くんと内緒話、できてたでしょ」

「は、はーい……」

さすがの雨恵もたじろいだ。何事も適当に流す姉と違って、妹はわりと根に持つタイプのようだ。

「載ってそうな本を見つけたから、さっさと調べましょう」

雪音《ゆきね》は委員長らしく手際よく、俺と雨恵にメモを渡してきた。図書室で用意された、なにかプリントの裏紙《うらがみ》を四角く裁断した物だ。そこに、雪音の字で棚の番号と書名が書き込まれている。手分けして探そう、ということのようだ。

と言って、同じような記事が載っている本を探すわけだから三人とも近い棚を探すことになる。

踏み台に乗り背伸びして最上段の本を取り出す雨恵と、しゃがみ込んで下の方の本を探す雪音に挟まれながら、俺は扱い慣れない図書室の棚番号を追った。

集まった数冊の本は、推理小説の作家や研究家が書いたエッセイで、ほとんどは作家の全集の一部だった。

閲覧机で集めた本を寄せ合い、チェックする。探していた部分の記述は、どの本もほとんど同じだ。元は外国の作家が推理小説の指標として唱えた物だから、訳文や省略に多少の差違はあるけど大意は変わらない。

「ノックスの十戒《じっかい》」と「ヴァン・ダインの二十則《にじっそく》」。

それが探していた資料で、どちらも前世紀前半に活躍した推理作家が記した、推理小説が守るべきルールなのだという。

集めてきたエッセイや論考の多くに引用されていて、推理小説でやってはいけない、やるべきではない事柄が箇条書きで羅列されている。

「こんなにいろんな本に載ってるってことは、有名なやつなんだ？　この……十戒とか二十則とか」

「もはや古典の域だからね。ミステリーを書こうって人ならけっこうな割合で知ってると思う。逆に、これ以外に有名なルールって聞いたことないかな。

でもこれ、律儀に守ってる人はまずいなくて、これを基本にして、いかに巧妙に逸脱しようかって作品が多いね」

雨恵《あまえ》の問いに対する雪音《ゆきね》の回答は立て板に水だ。これで「マニアってほどではない」なら、本物のマニアはどれだけの蘊蓄《うんちく》が炸裂《さくれつ》するのだろう？

「ふんふん……そかそか。そういうことなら」

雨恵は小刻みにうなずきながら、それぞれの本の内容を見比べている。

？と雪音の方を見ると、彼女も姉がなにをやっているのか解《わか》らないようだ。

いくらルールを調べても、試合の結果は知れないだろうに。

「やぁ、調べてくれてるの？　でも、図書室には幌目十六彦《ほろめそろひこ》シリーズについて書いてある本はないと思うけど……」

投げ首しているところに声をかけられて顔を上げれば、図書委員の仕事を終えたらしい津木《つぎ》くんだった。無茶な依頼をしてしまった負い目か、気遣わしげに俺たちの様子をうかがっている。

「いや、それが……」

俺が言いかけるのに合わせるように、山田《やまだ》雨恵が本から顔を上げる。

手応えあり——そんな風な、見ていて気持ちよくなるような笑顔が、そこにあった。

「それが……なんとかなるかもよ？」

その後、ちらかした本を返している内に昼休みは終わりに近付き、片付けに付き合ってくれた津木くんとともに教室へ戻ることになった。

「ところで雪《ゆき》」

一冊だけ借りてきた文庫本——江戸川乱歩《えどがわらんぽ》の全集の内の一冊で『幻影城《げんえいじょう》』という随筆集だ——を眺めながら、雨恵が隣を行く妹へ声をかける。

「なに？」

「この江戸川乱歩ってあれだよね」

「あれ？」

「コ〇ンくんのじっちゃん」

「なんかもう、全部が間違ってる……」

「あれれ〜？　……あ、そうだ。間違ってると言えば、さっきの十戒《じっかい》とか二十則《にじっそく》とか」

「？　なにか間違ってた？」

「ううん。結局、ウィキと書いてあること、あんまり変わんなかったんだけど」

「…………それは……いい、雨《あめ》。この情報過多な現代では事実確認《ファクトチェック》がなにより大切なんだよ。それぞれ別のアプローチをした複数の情報を比較することで、初めて信憑性《しんぴょうせい》の度合いを測れるんだよ」

「あー……ま、そういうことにしといてあげよう」

「なっ！　なんなの『そういうこと』って？　わたし、なにも間違ったことは――」

例によって仲が良いような悪いようなやり取りをしながら廊下を行く双子の姿に、津木《つぎ》くんは物問《ものと》いたげな視線を俺へ向けてきた。だが、俺に答えるべき言葉はなく、ただ力なく頭《かぶり》を振るばかりだった。

あの双子がなにを考え、どう動くのか、俺にもよく解《わか》らないからだ。

◇

そんな昼休みがあっての放課後。

これから日の低くなり始める教室最後列で、俺たちは『機械城殺人事件《きかいじょう》』のカバーを囲んでいた。

俺たち、というのは俺と双子のことで、津木くんは「すごい気になるけど、保育園に弟を迎えに行かないと……」という涙ぐましい事情で帰っていった。

昼休みは大急ぎで弁当をかっ込んで終わり、業間は体育の授業の着替えで潰れたので、状況は図書室からなにも進展していない。

ようやくまとまった時間の取れる放課後になって、雨恵《あまえ》が俺に「帰る前にちょっとツラ貸せよ」と言い出したのだ。雨恵は時々チンピラになる。

　そして今日のチンピラは、運動着のまま自分の机の上に座っていた。授業後も考え事をしていて着替えられなかったらしい。

「さて……始めようか」

　言いながらソックスを脱ぎ、適当に放り出す雨恵。スカートでないせいか、いつにも増して行儀の悪い座り方だ。上にはジャージを羽織っているが下は短パン姿のせいで、いろいろと、その……目にまぶしい。

「前も思ったけど……なんで事あるごとに靴下を脱ぐんだ？」

　直視しないようにしながら、気になっていたことを訊《き》いてみると、

「んぇ？　……ああ、なんか落ち着かなくてさー」

　実にあっさりした答えが返ってきた。

「家で履く習慣がないからかなー？　お陰で、授業中は熟睡できなくて困るよ」

「寝るな」

　雨恵のソックスを回収しながら堂々たる正論を突き込んだのは、当然のように同席している雪音《ゆきね》だ。まぁ、前回よりずっと深く関わったわけだし、このままでは帰れないだろう。

　ちなみに、こっちはちゃんと制服に着替えていた。

　丸まっていたソックスを伸ばして畳む仕草が堂に入っている。家でもよくやっているの

だろう。手を止めないまま、雪音《ゆきね》は姉に鋭い目を向けた。

「で、さっき調べてたことでどうやって解決するの？　『機械城《きかいじょう》殺人事件』」

「それを今から見ていくんだよ」

雨恵《あまえ》の物言いはいかにも適当だが、その声音は楽しげに弾んでいる。それは伝染性のものだった。

彼女がなにを言い出すのか。胸が、血が、弾む。

俺と目を合わせて、自分と同じ目の色になっていることを感じ取ったか、雨恵は満足そうに笑った。

「それじゃ雪《ゆき》ちゃん、二十個の方は大変だから……とりあえず十戒《じっかい》の方、書き出してよ」

「またわたし？　いいけど……」

「あ、ポイントだけ抜き出した書き方でいいよ」

「はいはい……」

そうして苦労性のクラス委員は、図書室で借りてきた文庫本を片手に、黒板へ「ノックスの十戒」を書き出した。

1．犯人は小説の序盤から登場していなくてはならない。
2．謎を解くためにオカルトを使ってはならない。

3．秘密の通路や隠し部屋を二つ以上使ってはならない。
4．読者の把握できない毒物を使ってはならない。
5．中国人を登場させてはならない。
6．偶然や勘で事件を解決してはならない。
7．探偵役が犯人であってはならない。
8．読者の知りえない手掛かりで解決してはならない。
9．探偵役の助手は自分の判断の全てを読者に知らせなくてはならない。
10．双子や変装の名人を使ったトリックは、あらかじめ存在を宣言せねばならない。

「雪はこれ、守ってる人はほとんどいないって言ってたけど、この作者の場合は守ってると思うんだよね」

　雨恵の言葉に、俺は『機械城』カバーの返しを見た。著者紹介の部分だ。雪音も確認しようとして同時にのぞき込んだので、頭がぶつかってしまう。目に火花が散った。

　軽くにらみ合ったがどっちが悪いわけでもない。少し涙目のままカバーに目を戻す。

　ライトノベルのテイストを持ちながら偏執的なまでに本格ミステリーのルールを守った作風で、逆に異端児として各界から評価を受ける。デビュー作にして代表作である本シリーズの完結に当たって、特に力を入れて作風を徹底させた。

「で、推理小説のルールっていうと、あの二つがぶっちぎりで有名なわけでしょ。他にもあたしたちの知らないルールを守ってる可能性はあるけど、逆にこの二つは必ず守ってるはず」

「まぁ……ここまで書いてあるからには、そうかもね。少なくとも一巻を読んでみた限りじゃ違反している部分はなかったと思う」

雪音《ゆきね》の賛同を得て、雨恵《あまえ》は指を一本立ててみせた。

「ここから犯人になりうる人を考えていこう。まず、十戒《じっかい》の１『犯人は小説の序盤から登場していなくてはならない』から、犯人になりうるのはカバーの登場人物紹介に書いてある内の誰かだと考えられる」

これだけだと犯人の登場時期だけの縛りだが、二十則《にじっそく》の方に「犯人は重要な登場人物でなくてはならない」とある。俺も雪音も黙ってうなずいた。ついでに、登場人物紹介を見直す。

鬼海匠《おにかいたくみ》……明治以来の大富豪・鬼海家の当主。60歳。厳格で疑《うたぐ》り深い鬼海家の絶対権力者。殺害予告を受ける。

鬼海則子《のりこ》……匠の後妻。45歳。元は鬼海家のメイド。

鬼海工一《こういち》……匠の長男、先妻との子。28歳。すでに事業を譲り受けている、鬼海家の優秀な後継者。

鬼海切子《きりこ》……匠の長女、則子との間にもうけた子。19歳。望まぬ政略結婚を控える。

左《ひだり》 真吾《しんご》……切子の婚約者。25歳。大手建機メーカーの御曹司。

久能剣二《くのうけんじ》……古くから鬼海家と取引する貿易商。44歳。チャイニーズマフィアと関わりがある。

李王機《リーワンチー》……久能の紹介で屋敷に寄宿する、中国からの留学生。21歳。画家を志し鬼海家の援助を得るが、切子と恋に落ちる。

幌目十六彦《ほろめそろひこ》……名探偵。眉目秀麗だが変人気質の青年。

後流愛鈴《あとらいいすず》……幌目探偵事務所のアルバイト助手。


そして雨恵が続ける前に、思わず口を開いていた。

「まず、最後の二人、探偵と助手は容疑者から外れるな」

十戒の7、探偵役が犯人であってはならない――そのまんまだ。

流れに乗って、雪音も続く。

「あと、当然ですけど、あらすじで『密室に斃《たお》れた』って書いてある当主の鬼海匠も除外ですね」

「そうだな……あ、いや、自殺ってこともありうるのか？」

うなずいてから思い当たってしまった。密室殺人を装った自殺というのはいかにもありそうな筋だ。

しかし、これは雪音《ゆきね》に否定された。

「いえ、それはヴァン・ダインの二十則《にじっそく》の方に『事故や自殺が真相だったとして読者を失望させてはならない』というようなのがあります」

「ついでに、二十則の方に『殺人事件が望ましい』とあるから、重傷とかじゃなくて死んでるはずだね」

雨恵《あまえ》が指を三本立てた手を突き出して、そして握り込んだ。

「これで三人脱落。そろそろ、二十則の方も書き出そうか……あ、全部でなくていいよ。十戒《じっかい》とダブってなくて、使えそうなところ……そうだな。2、3、7、9、12、13、17、18、19あたりかな」

スマホを見ながら——ウィキペディアだろうか——指示を出す姉に、妹はもうなにも言わず、ただ溜息《ためいき》を吐《つ》いて立ち上がった。

2．作中の犯人が使うトリック以外、作者が読者をだますような記述をしてはならない。

3．不必要な恋愛要素を取り入れてはならない。
7．殺人事件が望ましい。軽い犯罪では読者の興味を引けない。
9．探偵役は一人が望ましい。
12．いくつ殺人事件が起きても、犯人は一人であることが望ましい。
13．犯罪組織や秘密結社などに属する者を犯人にしてはならない。（いくらでも支援が得られるため）
17．プロの犯罪者などを犯人にすべきではない。意外性があることが望ましい。
18．真相が事故や自殺だったという結末で読者を失望させてはならない。
19．動機は個人的なものが望ましい。政治的なことが絡むと別のジャンルになる。

能筆な雪音の尽力によって、教室後方の黒板は犯罪とか殺人とか、物騒な言葉で埋まりつつある。

7と18はすでに「使用済み」だ。次に使えそうなのは……

「13……あと微妙だけど17で、チャイニーズマフィアとつながりのある久能《くのう》ってキャラが脱落か」

「ミスリード要員っぽいですね」

俺と雪音の言葉に深くうなずき、雨恵はぺろりと唇を舐《な》めた。普段ナマケモノのように過ごしている姿がウソのように獰猛《どうもう》な仕草だ。

「よーし、順調に減ってるね。次は……ちょっと別のアプローチをしてみよう」

「別のアプローチ？」

いつの間にか朱に染まりつつある教室の中、雪音《ゆきね》が首を傾《かし》げる。俺も見当が付かない。

しかし、ジャージに短パン姿で机にあぐらをかいた、お世辞にも賢そうとは言えない格好の雨恵《あまえ》はここから一歩、思考を踏み出した。

「二十則《にじっそく》の3、『不必要な恋愛要素を取り入れてはならない』。ここから攻めよう。留学生の李《リー》くんの紹介に、被害者の娘と恋仲になったっていうのがあるよね。つまり、この恋愛関係は事件のために必要なんだ」

そうか。このカバーの登場人物紹介は作者が作っていると雪音が言っていた。そこに特記されているなら、作品にとって特別な情報のはずだ。二十則の2「作中の犯人が使うトリック以外、作者が読者をだますような記述をしてはならない」。

「でもって、李くんが恋仲になった切子《きりこ》さんって人には政略結婚が迫っている。どうやら、この辺に殺人の動機があると読み取れるんじゃないかな」

「遺産争いとか……？」

二時間サスペンスの定番の動機を口にする雪音に、雨恵は「うんにゃ」と、首を振った。

「欲得尽《よくとくず》くの話に恋愛は必要ないでしょ。……いやまぁ、普通なら身分違いの駆け落ちで遺産配分がどうこう……ってなって連続殺人とか起こるストーリーは多そうだけど、偏執的とまで言われる作者なら、この二人の関係が『恋人』であることに意味を持たせてるはず」

「チェーホフの銃ね……まぁ、たしかに、そういう細かさにこだわる作風かも……」

独り言のような雪音の言葉の意味はよく解《わか》らなかった。後で調べてみよう。とりあえずウィキペディアで。

雨恵はそもそも気にしなかったようだ。「と、なると――」と、続ける。

「この李くんが、中国からの留学生だけど中国人じゃないことに注意しないとね」

「？　なんで中国人じゃないんだ？　李王機《リーワンチー》ってもろに中国の人の名前じゃないか」

暑くなってきたのか、雨恵はジャージの前を開きながらあっさり答えてきた。

「それはだって、十戒《じっかい》の5に『中国人を登場させてはならない』ってあるじゃん」

「「待って待って」」

期せずして雪音とハモってしまった。顔を見合わせ、発言を譲り合った末、俺がツッコんだ。

「この場合の中国人は、妖術を使う怪人みたいなキャラクターのことだって、どの本にも書いてあったぞ。当時の西洋じゃ、東洋人が神秘的で怪しげに見えてたとかなんとか……」

「解ってるよそんなの」

雨恵《あまえ》は口を尖《とが》らせて、げしっと軽く俺の肩を蹴った。

「でもさ。カバーの著者情報の欄で宣言しちゃうくらい徹底してるなら、それこそ一言一句守ってると思わない？　推理小説のルールを。そう考えると中国人はやっぱり出てこないと思うんだ。登場しては『ならない』だからね」

そう言われると……そうかもしれない。いやむしろ、「偏執的」とか「異端児」とかのオーバーパワーな文言はそれくらい徹底していないと冠されないのではないか。

そう思ってカバーを見直して、気付いた。

「『中国人留学生』じゃなくて『中国からの留学生』って書いてあるんだな」

「二十則《にじっそく》の２『作中の犯人が使うトリック以外、作者が読者をだますような記述をしてはならない』。これは本来、いわゆる叙述トリックのことだと思いますが、真正直に適用するなら、本編外の登場人物紹介でもウソを書いてはいけないことになります」

今度は頭がぶつからないようにのぞき込んできた雪音《ゆきね》も言うように、わざわざこんな書き方をしているからには李王機《リーワンチー》が中国人でない可能性が大きくなった。

でも……だとすると、どうなるんだ？　雨恵はその先が見えているのか？

「殺人の理由に鬼海切子《おにかいきりこ》と李王機の恋愛が絡んでいて、李が中国人でないとして……それが犯人を特定する情報になるのか？」

「殺人に発展するくらいだから、相当の理由で許されない恋愛だよね。そして、その不都合は恋愛以外の関係では生じないもののはずなんだ。推理小説にふさわしい、必要のある、恋愛だからね」

雨恵はテンポ良く問いに答えてくれた。でも、まだ特定にはほど遠い。

「……二人が結婚すると、金銭的に大損をする人がいるとか？　いや、それじゃさっきと同じか……」

雪音は自分で言って、自分で取り消した。雨恵もうなずく。

「そう。結婚は恋愛でなくて利害関係でもできる。雪《ゆき》が言ってたんじゃん」

浮気がなぜいけないか、について訊《き》いた時、たしかに雪音は言っていた。『女性は、いっしょに子供を守り育てる労働力として。男性は、確実に自分と血のつながった子供を残すために。特定の異性と契約して確保するの』

雨恵もよく覚えていたものだが、なぜその記憶力を勉強に活《い》かせないのか。しかし……

「遺産とか金銭的な話じゃなくて、二人が愛し合っていること自体が問題になる状況ってなんだ……？」

「第三者の嫉妬？　でも、切子でも李でもなく父親の匠《たくみ》を殺す理由はなに？」

「政略結婚を破棄するために切子か李が匠を殺した？　これなら動機が恋愛で納得いくけど……あ、いや、仕事は長男の工一《こういち》が引き継いでるなら、匠を殺しても政略結婚が中止になる可能性は低いのか。これは本編を読まないと事情が判然としないけど。でも……」

なんか引っかかるな。

「——そうだっ。李《リー》が中国からの留学生で名前も中国人のものを使っているのに、実は中国人でない理由はなんだ？　そのことにも、なにかストーリー上の意味があるはず……」

結婚破棄が動機の殺人なら、ただ画家の卵というだけでもよかったはずだ。

雨恵《あまえ》は、机の上で体育座りになって俺と雪音《ゆきね》があゝでもない、こうでもないと言うのを聞いていた。俺たちの言葉を叩《たた》き台にして、自分の考えを組み立てているのかもしれない。

しかし、ここへきてさすがの奇想頭脳《きそうずのう》も目詰まりを起こしたのか、「うーん……」と寝っ転がり、伸ばした脚を俺の机に乗せてきた。鳥が爪で獲物を捕らえるように、両足の指をわきわきさせている。

つかめるのだろうか？　この、答えのある方がおかしい問題の答えを。

「……ちょっと雨《あめ》、いくらなんでもそれはないでしょ」

雪音が立ち上がって、俺の机から姉の脚をどけようとしてくれる。雨恵がうるさそうに足を振るって抵抗すると、眉をひそめながらも小声で姉にささやいた。

「……体育の後なんだから、いくら戸村《とむら》くんでも嫌がるよ」

丸聞こえというほどではなかったが、もう誰も残っていない静かな教室なのでほとんど聞き取れてしまった。いくら戸村くんでも……って、雨恵だけでなく雪音にもナメられているのだろうか……？

とりあえず、運動の後だからといって雨恵の足は特に不潔な感じでもない。いつも眠たそうにしているくせに健康的に引き締まってるな、と思うだけだ。

しかし、真面目な妹にしかられた不真面目な姉は、いつも通りの気だるげな声でからかった。

「どうかな？　案外、悦《よろこ》んじゃうかもよ」

「え……？」

雪音は心なし俺から距離を取った。今度は俺が眉をひそめる番だ。

「そんなマニアックな趣味ないから……」

うんざりした声を出してやると、姉は笑い、妹は恐縮したように肩を縮める。自然と溜《た》め息《いき》が出た。

「……ホント、双子の姉妹なのに正反対だな」

「――それだっっっ!!」

うわっ？　なんだびっくりした。

突然コメツキムシのような勢いで起き上がった雨恵が奇声を発し、その残響が空虚な教室に木霊した。

呆気《あっけ》にとられている俺に指を突き付け、雨恵《あまえ》は声を弾ませる。

「それだよ戸村《とむら》くん！　姉妹……いや、兄妹《きょうだい》なんだ！」

手酷《てひど》く面食らったものの、すぐ前に考えていたことはまだ頭に残っていた。それが雨恵の言葉につながって、欠けていた主語を補った。

「李王機《リーワンチー》と鬼海切子《おにかいきりこ》が、兄妹……そうか。それなら、恋愛自体が大きな問題になる」

近すぎる遺伝子交配にリスクが大きいことは高校生の俺でも知っている。兄弟・姉妹と愛し合うべきでないというのは、恋愛にまつわる倫理観の中でも、最も客観的・合理的なものの一つだろう。

「たぶん李と切子はそのことを知らない……知らない内に恋人になっちゃったんだ。李が中国人のように登場するのは、そのギミックにつながる」

俺が引っかかった問題も、それならクリアされる。

「李はなにかの理由で外国へ遠ざけられなければならない、隠し子だったたってことだよな。となると匠《たくみ》と則子《のりこ》夫妻の子供じゃない。どっちの隠し子だ？」

「それは当然、則子の子供でしょう。絶対権力者の匠に、そこまでして子供を隠す理由があるとは思えません」

勢い込んで雪音《ゆきね》が即答した。こちらも雨恵の大声に驚いていたのから我に返って、一時停滞していた頭をフル回転させている。カバーの登場人物紹介の文字を指でなぞりながら、まさに指摘した。

「則子が鬼海も頭の上がらない権力者の娘だったとかならともかく、元はメイドです。不義の子を隠すとしたら、やはり則子でしょう」

「匠と則子が結婚した時期は判《わか》らないけど、子供を隠したということはすでに結婚してた可能性が高いか。琴ノ橋《ことのはし》マリーの彼氏は潔白《シロ》だったけど、こっちは有罪《クロ》だねぇ」

同級生の事件で退《しりぞ》けた浮気疑惑を、まさかこんなペラッペラのカバーから引き出すことになるとは思わなかった。ある意味、これが探偵の本分なのか……

などと感慨に耽《ふけ》る内にも、雨恵の推論は続いていく。

「とすると、作中の時点では、匠は李が則子の子だと解《わか》ってないことになるね。知ってたら迎え入れるはずないし」

「呼び寄せたのは則子かな？　実の子の切子ももうすぐお嫁に行って寂しくなるから……とか」

雪音がカバーをなぞっていた指を唇に当てて言う。その唇の形は姉によく似ていた。なんとなく目を奪われてしまって、それを振り払うように口を挟む。

「……ところが、李は切子と恋に落ちてしまった。則子は困り果てただろう。政略結婚がどうなるかはともかく、二人が……その……関係を持ってしまったら大変だ。いや、政略結婚が二人を焦《あせ》らせて最悪の状況を招く恐れもある」

「んっ？　関係ってなぁに？　戸村《とむら》くん」

にやにや笑って小学生男子みたいな茶々を入れてくる雨恵《あまえ》は、もちろん無視だ。

「二人を引き離すには兄妹《きょうだい》であることを明かせばいいけど、急に二人の態度が変われば、疑《うたぐ》り深い匠《たくみ》になにか気取られるかもしれない。なんにしても、李《リー》といっしょに暮らしたり画業を支援したりはできなくなる。

則子《のりこ》は進退窮まった……」

自分の椅子に座った俺と、立ったまま俺の机を見下ろす雪音《ゆきね》と、そして机の上で四つん這《ば》いになってカバーの登場人物紹介をのぞき込む雨恵。

三人、思い思いに「**鬼海《おにかい》則子　……匠の後妻。45歳。元は鬼海家のメイド。**」の味気ない一行を見つめる――そこには波乱の人生を生きる、一人の女性の複雑な情念が秘められている……と思う……

少ししみじみした感じで、雨恵が口を開く。

「……匠がいなくなれば、切子《きりこ》と李に時間をかけて事情を説明したり、それか適当な理由をでっち上げて二人を引き離す余裕もできる。なにより則子の権限で李を支援できるようになるかもしれない」

これで「事件に必然の恋愛」から被害者・鬼海匠を殺害しなければならない動機は見つかった。

「李を連れてきた久能《くのう》も怪しい。もしかしたら父親なのかもしれない。けど、マフィアとつながりのあるこの人は、二十則《にじっそく》に従えば犯人の資格がない」

念のため確認する俺に、双子はそれぞれうなずいた。

他に、鬼海匠を除かねばならない動機を持った登場人物は見当たらない。

……本当にない、、、、なんとかした。かつてカバーの内側に存在した物語を無視して、作品の外側にあるルールだけを使って犯人にたどり着いた。

「機械城《きかいじょう》殺人事件。

事件の展開とかトリックとか、丸ごとなーんにも解《わか》ンないけれども――」

そうして山田《やまだ》雨恵は、振り上げた指を小さなフォントの一行《いちぎょう》へと振り下ろす。

「犯人はお前だっ！　鬼海則子!!」

どこかで聞いたような力強い宣言に呼応するように、窓から一陣の風が吹き込んで雨恵の長髪を華麗にたなびかせた――

その風でカバーが飛んでいきそうになり、俺たちはあわてて飛び付いた。

◇

——かくして、飽きるほどの推論の果てに、機械城殺人事件《きかいじょう》はなんにも解決しなかった。

そもそも機械城でなにが起こったのか全く解《わか》らない。

と言うか機械城ってなんだろう？　表紙イラストに歯車とかゼンマイとか描き込まれてるし、なにかスゴいからくりがあって物理トリック盛《も》り盛《も》りだったんだろうけど、その辺は完全に謎のままだ。

なのに犯人と動機だけはどうやら判《わか》った。判ってしまった。

「……振り返ってみると、なかなかに意味不明だな」

夕焼けに燃える下校路。琴ノ橋《ことのはし》さんの頼み事について話し合ったあの日のように、双子といっしょに帰っている。

雨恵《あまえ》はジャージのまま帰ろうとしたが、さすがに雪音《ゆきね》が許さなかった。ずぼらな姉は素直に従って着替えてきたが、妹に屈したというより母親に怒られるのを嫌がったような口ぶりだった。

何事も馬の耳に念仏な感のある山田《やまだ》雨恵にも、恐《こわ》いものはあるようだ。

その雨恵が俺のつぶやきを聞きつけ、肩をぶつけてきながら脳天気な声を出す。

「まーいいじゃん。これで津木《つぎ》くんに報告できるっしょ」

一つかみにできそうなくらい細身の手足をしているくせに力は強い。俺はちょっとよろけて、肩からバッグを落としそうになった。

明日、明後日《あさって》と土日で休みだからかやたらと上機嫌だ。

「なにを無責任な……あくまで仮説でしょ？」

と、これは雨恵の向こう側で淡々と歩を進めている雪音だ。たしかに、さっきまで教室でしていた推論にはなんの証拠もない。作者の病的なフェアプレイ精神を頼りに、有名なルールに違反しないことだけを考えて組み上げた仮の結論だ。

……でもまぁ、

「あれだけ考えに考えたんだ。カバー一枚の手掛かりからできることは全部やったと思う。津木くんも解ってくれるんじゃないかな」

「それはまぁ……こんな時間になるまで話してしまいましたし、人事は尽くしたと言えるかもしれませんが……」

言葉の文面は若干の不満を残したものだったが、それを言う雪音の深い息づかいにはどことなく満足感のようなものが聞いて取れる。

それは俺も、そして雨恵も同じようだった。

「なんにしてもさ、楽しかったからいいじゃん」

なにせ、ほとんど全ての状況が謎に包まれた殺人事件を、ほぼ「登場人物紹介」を見ていくだけで犯人特定したのだ。それは不可能に挑むという意味において、間違いなく冒険だった。

山田雨恵《やまだあまえ》という特異なアタマの持ち主だから見つけられた、とびきりおかしな謎《ミステリー》……楽しくなかったとは、言えない。

もっとも、雪音《ゆきね》には割り切れないところがあるようだ。

「……でも、あんなのは邪道です。推理小説の醍醐味《だいごみ》は奇想事件《きそうじけん》・天外推理《てんがいすいり》の正々堂々くんずほぐれつの知恵比べ。謎、解く、愉《たの》しみです。一足飛びに犯人だけを突き止めてるなんていうのは――」

まだぶちぶち言っている。でも、楽しくなかったとは言わなかった。そのことに気付いて、笑い出したくなる。

「雪《ゆき》は昔から推理とか探偵とか、そういうの好きだからなー」

一方の雨恵は上機嫌にバッグを振り回しながら歩いている。

……雨恵はたぶん、津木《つぎ》くんの反応とか、義務を果たせたかとか、全く考えていないのだろう。実際、探偵小説に有名なルールがあることと作者の強いこだわりを認識して、こい、い、い、い、これはゲームになると思い付いてから急に乗り気になった。それまでは完全に他人事《ひとごと》で傍観していたのに。

要するに、無関心なのだ。無頓着なのだ。クラスの図書委員が困っていても無関心。自分が煽《あお》って面倒事に巻き込まれた俺が悩んでいても無関心。級友の彼氏の浮気にも無関心。推理小説にも無関心。

そう思うと、本当に酷《ひど》い女だ。

好奇心旺盛なのに冷めやすく、人を厄介《やっかい》に巻き込んでおいて放置する。よく笑うけどうさんくさくて、何事も適当に流していく。

それなのに、嫌うことはできそうにない……いや、むしろ、たった数日の隣席生活で目が離せない相手になりつつある。

気まぐれで唐突で、思いつきのままに行動する。一歩間違えれば病気だが、たぶん本質的に頭のいいところがあるからだろう、奇跡のようにバランスを取って太平楽に生きている。

だからこそ、浮気相手という思い込みから離れて女性の諸相の問題だと気付けた。

殺人事件の物語を忘れ、遥《はる》か先人の作った探偵小説のルールをエンジンにして犯人をしぼり込めた。


……………


「雨恵はどうなんだ？」

気付くと、数歩先に行っていた雨恵に声をかけていた。

「？　なにが？」

雨恵は振り返らずに聞き返して、背中をくすぐられたように身を震わせた。まだ俺から名前で呼ばれるのに慣れないようだ。……自分で呼ばせたくせに。

「推理とか、探偵とか」

「んー？　基本的に読まないよ、そういうのは。ほら、ああいうのマンガでも文字多《ネーム》いじゃん」

雨恵《あまえ》の受け答えは至って淡白で、本当に興味がなさそうだった。どれだけ活字嫌いなんだ。しかし、

「そのわりには……よく頭が回るよな。複数の浮気相手が本当は一人でしかも姉だったとか、登場人物紹介だけで推理小説の犯人を特定するとか、普通は思い付かないぞ」

「それは、なんか……」

雨恵は立ち止まって、こめかみのあたりに指先を添えた。言葉を選んでいるようだ。雪《ゆき》音《ね》もちょっと行き過ぎた後で止まって、半面だけ振り返って姉を見ている。

注目の視線に気付いた様子もなく、彼女は考え考え、言葉をこぼし始めた。

「――人の話を聞いてるとさ、頭の中に……泡みたいのが浮かんでくるの。その泡と別の泡とが、他のなにかでつながって、カチッって回路ができて、電流が流れてスパークする――それが気持ちいいんだ。

だからあたしは、周りの話を聞くだけ聞いて、カチッとくるのを待ってる。まぁ、滅多にくるもんじゃないんだけど……最近続けざまにきてるんだよね。不思議とさ」

頭の中の泡とか回路とか「くる」とか、感覚的な話しすぎてよく解《わか》らない……かと言え

ば、なんとなく腑《ふ》に落ちる気もする。今日とか琴ノ橋《ことのはし》さんの時とか、雨恵が散らばった断片を集めて謎を解いていく話に参加するのは、確かに気持ちよかった。

快楽主義者。山田《やまだ》雨恵は、伝染性の快楽主義者なのか。

だから嫌いになれないのか。有害だと解っていてやめられない常習性の薬のように……とか考えると怖くなってくるな。

そんなことを考え込んでしまっていると、ふと視線を感じた。雨恵だ。

クールなようで感情的な雪音と逆に、いつも笑っているせいでなにを考えているのか読みづらい。それでも、その視線には観察のニュアンスが感じられた。

？　なにを今さら、俺を観《み》てるんだ……？

戸惑った顔がおかしかったのか、雨恵はぷっと噴き出した。

「あはは……そうか。あー……そうだね」

なにか一人で納得して、歩みを再開する。あわてて追った。

そのあと少し、会話もないままに三人、歩いていって、それから。

不意に振り返った雨恵が、回った勢いで顔にかかる長髪をかき上げながらニカッと、でも少しだけ面映《おもは》ゆそうに笑った。

「最近はちょっと好きかな、探偵」

彼女を縁取って差す夕日が、痛いくらいに目を刺した。

The Reversi in the Last Row of the Classroom
Episode #2
The Sleuths VS. the Narrowest Murder Case
or: Reinventing the Wheel

Fin.

エピローグ２　そしてプロローグ３．

　夢を見た気がするが、よく覚えていない。なんとなく赤い色だった気がする。猫も出てきた。坂を駆け下りていく。追いつけない。

　──それ以上は追えず、カーテンから差し込む朝の光にかき消えてしまった。

　むくりと、起きる。頭を起こした時の違和感だけで酷《ひど》い寝癖が付いているのが察せられて、それだけで全てが面倒になる。二度寝したい。

　しかしそれをすれば確実に遅刻する時間ではあった。雪音《ゆきね》にこれ以上冷たくされると、日々が過ごしづらくなる。

　雪音。今日も先に教室へ来ていて本を読んでいるのだろうか。だから校舎に入って朝一番のあいさつはいつも眼鏡をかけた彼女とだ。タイミングによっては眼鏡を拭いていて、素顔での「おはようございます」が聞ける時もある。朝から飲んでいることのある水筒にはジンジャーティーが入っていると言っていたが毎日違うのかもしれない。雨恵《あまえ》は生姜《しょうが》が辛いから他のがいいと言っていたが「じゃあ自分で用意して」と一蹴されていた。じゃあいいや、とあっさりあきらめる怠惰な雨恵がいつも俺に先んじて教室にいるのは、雪音に叩《たた》き起こされて登校しているからだろう。寒い朝はカーディガンを着込んでいて、机に伏して丸まっている雨恵《あまえ》の姿はまるで猫だ。靴下を履いていると熟睡できないというのは本当のようで、俺が椅子を引く音で片目を開けて、閉じて、それから三〇秒くらいしてのろのろと起き上がって、つられて力が抜けるくらい無防備な顔で「おはよぉ〜」と言ってくる。ほとんどの場合、あくびと聞き分けるのは困難だ。学校の朝はそうやって始まる。

そんなことを考えている内に、トイレとか歯磨きとか着替えとか、いつの間にか済んでいる。寝癖については頭頂部あたりに大物が残っていたがあきらめた。

今朝は父さんが不在だ。念のため部屋の方も確認したが気配がない。寝ているなら部屋の外でも必ずイビキが聞こえるから間違いない。徒歩五分くらいのところに在る事務所で寝たのか、それとも外での仕事か。

昨夜の内に、夜明かしの仕事があるとメールが来ていた。たびたびあることなのであまり気にならない。薄情だろうか。でも、仕事と言いながら徹夜で麻雀《マージャン》してるだけの時もあるから、いちいち心配してやる気にもならない。

台所で冷蔵庫から昨日《きのう》の残り物を出し、温めてから弁当箱に詰めていると、背後から幽鬼のような影が差した。

「ああ〜……和《なぎ》くん……おはよぅ……」

雨恵に比肩するほどだらけた声だが、そうなっている理由が全く違う。

俺の下の姉さん、戸村《とむら》家の次女・戸村地穂《ちほ》は、常に疲れ切っているような人だった。基礎のルックスはそう悪くないと思うんだけど、髪は視界が閉じるまで切りに行かず伸び放題だし、年がら年中トレーナーかジャージしか着ていない。体型も安定せず、近所のおばちゃんに会うたびに「ちょっと太った……？」か「ちょっと痩せすぎじゃない……？」のどちらかを必ず言われる。そもそもあまり外に出ないのが問題なのだが。

今日はジャージ姿で、なんとかリビングのちゃぶ台にたどり着き、しがみついて寝落《ねお》ちに抗《あらが》っている。

窓から差し込む朝日を浴びて、姉さんは熱々のホットケーキに乗せられたマーガリンのような顔になった。

「空ってこんな黄色かったっけぇ？」

おはように続くセリフがこれだ……今朝は相当キテる。

「そんなに仕事忙しいの？」

弁当のついでに用意していた目玉焼きと御飯をテーブルに置きながら訊《き》いてみると、姉さんは荒れ放題の髪を両手でもしゃもしゃやりながら、ふやけた声を出した。

「んぅー………市松《いちまつ》先生から急な依頼が来て、自分の締め切りとバッティングしちゃってもう大変……」

姉さんは漫画家……の卵のようなことをしている。短大を出てから少女漫画家を目指し

て頑張っているのだが、大手でない商業誌に読み切りが二度ほど載って、それから伸び悩んでいる状態だ。それでもへこたれず、継続して担当編集さんに原稿を持ち込んでいる。二五歳でそれは漫画家のキャリアとしてどうなのか。俺はよく知らないし、調べたりもしないようにしてきた。さすがにまだまだ希望があると思いたい。

ただ、無収入かというとそうではない。画力と絵柄の器用さは評価されているらしく、デジタルオンリーのアシスタントとして在宅で仕事をしている。アシスタントの給料はよく知らないが、貯金額を見るにだいぶ重宝されているようだ。

しかし、そんな仕事量に加えて自分の原稿も描いているものだから、常に疲労困憊《こんぱい》している。ツラいならアシスタントの方は断ればいいと言うと、

『そんなことしたら、もうお仕事こなくなっちゃうでしょ！　一線の先生たちに嫌われ、紹介してくれてた編集さんに見放され、わたしの漫画道《まんがみち》は闇に閉ざされるんだよ……』

と、泣いて酒を飲み出して、さらにどうしようもないことになる。

……頼まれ事を断れない性分は、血なのだろうか。いや、単に貧乏性か。

カチャカチャと食器を鳴らして御飯を頬張りながら、姉さんは情けない顔をして俺を見上げた。なんとなくクラゲを連想する顔だった。

「ごめんね和《なぎ》くん……ホントはお姉ちゃんが御飯の用意とかしてあげなきゃいけないのに……」

「いいって。俺が小さい時はずっと姉さんたちが世話してくれてたんだから……て言うか、俺の方が時間あるんだから、ホントもなにも俺の仕事だろ」

母親の顔はよく覚えていない。いつ亡くなったのかすら、実はよく把握していなかった。物心付く前ならいつだって同じようなものだ。

その代わりに、自分たちも学校に通っている年からずっと俺の面倒を見てくれた二人の姉さんには感謝してもし足りない。シスコンだと言われたら認めてしまうかもしれないレベルで大事に思っている。同年代以上の女性に対して無条件に気後れしてしまうのもそのせいだった。

もっとも、『機械城殺人事件《きかいじょう》』の李王機《リーワンチー》と違って、異性としての特別な感情はまるでわいてこない。

優しいところ、弱いところ、可愛《かわい》いところ、だらしないところ、時々夜中に編集部や同期の漫画家を呪詛《じゅそ》しながらぬいぐるみの首を絞めているところなどを知っているほど近く、長く暮らしていれば、そうはならないものなのだろう。その点は安心だ。

「ありがとう和《なぎ》くん……久しぶりに耳かきしてあげようか？」

「それは断る」

斬り捨てる時は斬り捨てられるのだ。

朝の再放送時代劇『古十郎刀暦《こじゅうろうかたなごよみ》　流浪編』を見ながら朝食を終えると、食後のお茶を飲んでいた姉さんがぽつりと言った。

「せっかく家《いえ》が珍しい仕事をしてるんだから、探偵物の作品でも描いてみませんかって編集さんに提案されたんだけど……」

世間話の体《てい》だったが、食器を片付けようと立ち上がった俺を見上げる姉さんの目は、なにかしら鬱屈した色をしていた。

「そんなの描いたら、お姉ちゃんに怒られるよねぇ」

地穂《ちほ》姉さんとしては描いてみたい気もあるようだった。それなら俺も応援したい。ただ、それはそれとして、

「……そうだろうね」

上の姉さんに怒られるという点には同意せざるをえない。

俺と地穂姉さんの姉、戸村天和《とむらあんな》は探偵嫌いだ。

それが原因で家を飛び出したくらいの、筋金入りの探偵嫌いなのだ。

◇

そんな人の弟が、学校で探偵のようなことをしている。

いや、父さんが営《や》っているような本当の探偵とはまるで活動内容が異なるし、フィクションの世界の名探偵ともやはり別物だろう。成り行きで同級生に調べ物を頼まれるようになってしまった高校生、ただそれだけの存在だ。

でも、山田雨恵《やまだあまえ》は言ったのだ。

『最近はちょっと好きかな、探偵』

たぶん、彼女の言う「探偵」は放課後に教室の片隅で益体もない問題を考え語り合う、あの集まりのことなのだろう。現実的な興信所でも、小説やマンガの名探偵でもない、俺たちの間でだけ通じる「探偵」……

俺はどうなのだろう。好きなのか、探偵？　好きなのか、名探偵？

好きなのか――「探偵」？

「え……なんで判《わか》ったの？」

その活動結果を報告した時の津木《つぎ》くんの反応は、予想外のものだった。

ペラ紙一枚の殺人事件から犯人を探り出し、週明けの月曜日。

朝から移動教室が多かったりしてあわただしく、津木くんに『機械城殺人事件《きかいじょうさつじんじけん》』のカバーを返却する時間を取れたのは昼休みのことだった。

津木くんは今日も図書室の当番だと言うので、図書室のカウンター越しの報告だ。

『幻影城』を返却しに来た雪音も同席している。雨恵は眠そうだったのと、大勢で押しかけても迷惑だろうということで置いてきた。今頃呑気《のんき》に寝息を立てていることだろう。

――犯人は鬼海則子《おにかいのりこ》。動機は我が子・李王機《リーワンチー》を守るため……だと思う。

そう報告した途端、それまでなにか気まずそうにしていた津木くんが、呆気《あっけ》にとられた顔になった。

……ん。あれ？　今……なんで判ったの？　って言ったか？

まるで、答えを知っていたかのような物言いだ。しかし津木くんは明らかに状況を飲み込めておらず、混乱していた。

「な、中身の本が見つかったわけじゃないんだよね？」

「ああ。話せば長くなるんだけど……本気で長いから」

すごくメンドくさい。詳しく話すと昼休みが終わってしまうだろう。

津木くんはどうしても気になるらしく質問を続けようとしたが、その前に、別の声が割り込んできた。

「この人たちが、調べてくれてた人？」

いつの間にか図書室に入ってきていた、俺たちと同じ一年生の女子だ。全体的に良い意味でふっくらした印象で……ん？　見覚えがあると思ったら、先日、このカウンターで津木くんと話してた人だ。

その女子に気付いた途端、津木《つぎ》くんは「ふぁっ⁉」と変な声を出した。それから、あわてて俺たちを紹介する。

「あ、うん……クラスの戸村《とむら》くん。前に話したよね、浮気調査の上手《うま》い」

「いや別に上手くない……」

そもそも浮気調査なんてついぞした覚えがない。初芝《はつしば》さんはなんと言って俺のウワサを広めてるんだ？

「あと、委員長の山田《やまだ》さん……と、あともう一人、手伝ってくれたみたい」

「ぁ……どうも……」

雪音《ゆきね》は例によって言葉少なに会釈した。表情が硬いので仏頂面に見える。実際には初対面の人に緊張しているだけだろう。と、最近は解《わか》るようになった。

対する女子は、顔の造作《ぞうさく》に浮力が働いているかのようにふんわりと、自然に微笑《ほほえ》んだ。

「A組の藤村《ふじむら》だよ。よろしくね」

ちょっと舌足らずのようなしゃべり方だけど、あざとい感じはまるでしない。素でのんびりした性格なのだろう。

「それでね、名探偵幌目《ほろめ》の五巻が読めないかってお願いしたのは、わたしなの。ごめんなさい、戸村くんたちにも迷惑かけちゃったみたいで……」

そういう藤村さんなので、申し訳なさそうに眉毛を八の字にされるとこっちがうろたえることになる。

「いや、そんなことは……これはこれで楽しかったし」

後半を言ったあたりで視線を感じて見ると、雪音と目が合って、彼女はそのまま藤村さんへ視線を泳がせた。

「はい。少なくともわたしは好きでやったことなので、謝ることはなにもないですよ」

その声はとても素直で、放課後、雨恵《あまえ》の推理に釣り込まれている時にだけ聞ける、よく通って明るい声音だった。

「ありがとう」

藤村さんも微笑みを取り戻して、しかしすぐに遠慮がちな顔になった。

「あ、でもやっぱり悪いことしちゃった。頼んでおいて勝手に読んじゃったし、五巻」

今度は、俺と雪音が絶句する番だった。


あれだけ探して見つからなかった本を、こうもあっさりと？　プレミアの付いた値段で買ったのだろうか……というと、違う。

——なんのことはない。確実に最終巻のある場所へ出向いただけだった。藤村さんのお兄さんが卒業論文作成中の大学生で、国会図書館に行く用事があるというので連れて行ってもらったのだ。

「国会図書館ってライトノベルとか置いてあるのか……？」

「たしか国内で出版される本は全て納める義務があったような……当然、ライトノベルのような娯楽本も例外ではないかと。手続きがやや面倒で、館内でしか閲覧できない制限はあるにしても、たしかに読めます。

盲点でした……交通費も馬鹿にならないとはいえ、それでもプレミア品を買うよりはだいぶ安く付きますね」

雪音《ゆきね》はさすがに博識だった。しかし、藤村《ふじむら》さんの行動力には驚いたようだ。このあたりからなら、朝早く出れば文庫本一冊読破しても日帰りできる距離とはいえ、かなりな強行軍だったはずだ。

おおらかそうな見かけによらず、タフで情熱的な藤村さんだった。

津木《つぎ》くんは、そんなところに好意を持ったのだろうか。彼の彼女に対する態度を見れば一目瞭然だった。

最終巻を読みたいという藤村さんの要望へ親身に応対し、見つかったら連絡するとメールアドレスを教えてもらった津木くんは、自分で必死に探す一方で俺にも依頼を上げた。ダメで元々、とにかく藤村さんの願いを成就させるために懸命だったのだろう。

しかし結局、藤村さんはお兄さんの協力で希望をかなえてしまった。津木くんは日曜日の内にそれをメールで知らされていたが、俺の連絡先を知らなかったために報告できなかった。それで、こんな脱力物の解決編になってしまったわけだ。

藤村さんは俺たちにすまなそうにしつつも、シリーズを最後まで読めたことへの喜びを津木くんへ語っていた。

「黒幕ジュワン・ルージュはやっぱり幌目十六彦《ほろめそろひこ》の元カノ、黒姫舞子《くろひめまいこ》だったのね。そうなると元サヤに戻る可能性は低くなるから、カップリングは愛鈴《いすず》×十六彦で決着！　あー……すっきりした……四巻のラストで、十六彦と舞子がよりを戻す雰囲気が出てきて、ずっともやもやしてたからぁ」

言っていることの内容は全く解《わか》らなかったが、藤村さんの興味はもっぱら主人公たちの恋愛模様にあって、本編の推理要素は刺身のつまでしかなかったようだ。

白馬の王子になり損ねた津木くんだが、幸せそうな藤村さんを微笑《ほほえ》ましく見守っている。

俺はそこまでの境地には至れなかった。疲れた吐息とともに雪音をうながし、去ろうとする。と、津木くんから声をかけられた。

「戸村《とむら》くん。ホントごめんね……それと、ありがとう。困ってた時に話を聞いてもらえて、うれしかったよ」

彼は罪悪感と感謝に固まった顔で、真摯に頭を下げてくれた。下げた頭が微《かす》かに震えている。怒鳴られても仕方ない状況だと思っているのだろう。

しかし、ここで怒るような性格ならそもそも琴ノ橋《ことのはし》さんの一件にも巻き込まれたりしないし、両隣の双子ともほとんど会話しなかっただろう。

そう思うと、悪いことばかりじゃなかった。

「うん……まぁ、気にしないで。さっきも言ったけど、楽しかったし」

俺が手を振ると、津木《つぎ》くんはおずおずと顔を上げ、ずっと気になっていたであろうことを訊《き》いてきた。

「ところで……結局、戸村《とむら》くんはどうやって犯人が判《わか》ったの？　動機まで」

「ああ……登場人物紹介を読んだら判ったんだ」

「いやマジでなんで判ったのっ⁉」

津木くんはますます混乱を深めたようだったけど、今度こそ振り切って教室へ帰る。問題が解決した以上、昼食の時間を確保する方が大切だった。

と言うか、この徒労感の中で一から説明する気にはなれなかった。


「あはははははっ」

教室に帰ると、ようやく目を覚ました雨恵《あまえ》に迎えられた。そして事情を説明するなり大笑いされた。

「殺人事件よりラブコメか。まー、そんなもんだよね」

そういえば、あのシリーズが刊行されていた雪見《ゆきみ》ミステリー文庫も、末期は恋愛要素へ

偏っていたんだっけか。歴史は繰り返す——雨恵の言う通り、

「そんなもんか……」

「そんなもんだよ」

俺とオウム返しをしあって、雨恵は弁当箱の中の焼き魚を箸で解体し始めた。

俺としては頼まれ事の重圧からは解放されたし、後は津木くんと藤村《ふじむら》さんが上手《うま》くいくことを祈るまでだ。しかし、推理小説好きの雪音《ゆきね》には納得がいかないようだった。

「まったく……恋愛目当てにミステリーを読むなんて邪道です。知の冒険をこそ楽しむべきなのに」

苛《いら》つきを託すように激しく箸を使い、瞬く間にほぐした魚を口へ運んでいく。手先の器用さでは妹に軍配が上がるようだ。

姉の方は大きな骨を取りのけるのにだいぶもたもたしている。手元では魚に苦戦しながら、口では妹をまぜっ返した。

「別にいいじゃん。殺人事件でも恋愛でも好きに楽しめば」

「よくない！　いくら雨《あめ》でも覚えてるでしょ？　『不必要な恋愛要素を取り入れてはならない』」

ヴァン・ダインの二十則《にじつそく》の方にある条項だったか。雨恵の犯人当てにも重要な条件になったやつだ。雨恵は焼き魚から妹へ、挑発的な視線を移動させた。

「ダンバインさんはそう言うけどさ――」

「ヴァン・ダインな……」

「バンダインさんはそう言うけどさ」

訂正してやると素直に修正するあたりは雨恵《あまえ》の美徳だとは思う。とにかくこだわらない。

「でも、殺人事件と恋愛って、案外似てるんじゃないかな？　推理小説の犯罪が殺人でないとダメって項目もあったから、推理小説は恋愛小説に近いってことかも」

「だから、なんでそうなるの？」

姉とは反対に、雪音《ゆきね》はいちいちムキになる。受けて立つとばかり雨恵の方へ顔を突き出した。

雨恵は雨恵で妹をからかうのが楽しいらしく、迎撃するように妹の方へ顔を寄せる。

……姉妹喧嘩《げんか》は好きにしてくれていいのだが、どうもこの双子、間に挟まっている人間の存在を忘れがちな気がする。

「ほら、テレビとかでよく『吊《つ》り橋効果』とかって見るじゃん。ピンチのドキドキを恋のドキドキと勘違いしちゃうってやつ。殺人のスリル・ショック・サスペンスは、言ったらイケメンに壁ドンされるようなもんでしょ」

……雨恵の中では人殺しとイケメン、殺人と壁ドンが同ランクの存在なのか。

極端すぎるだろうと俺は思ったのだが、意外にも雪音の方が一理を認めてしまった。

「むぅ……感覚便乗説ね」

「カンカクビンジョウ……？」

「はい。動物の特異な習性の内、全く別の現象をマネして目的を遂げるものを言います。たとえば、蛾《が》の一種アワノメイガは、天敵であるコウモリの鳴き声を聴くと、見つからないように動きを止める習性があります。

アワノメイガのオスはこれを利用して、コウモリの鳴き声に似た超音波を出してメスの動きを止め、その間に交尾をしてしまうといいます」

捕食者の目から逃れるためのシステムを、男《オス》が女《メス》をナンパするために使っているのか。なるほど、便乗している。

「でも……なんか卑劣な虫だな」

虫のことだから、いちいち考えてそんなことをやってるわけではないのだろうけど、自分たちの敵の威を借りて女性を口説こうというのはいかにも情けない。

一人の男として正直な感想を言った俺に、しかし山田《やまだ》雨恵はわざとらしく口に手を当ててささやいてくる。

「えー？　そんなこと言うけどさー、たとえば家《うち》の雪《ゆき》ちゃんが眠り込んで絶対起きないよって言われたら、やらしーイタズラしたくならない？」

「そッ――……ん、な、わけ、ないだろ」

「そう言いながら目をそらすのはなんでかな？　んん？　戸村和《とむらなぎ》くんはさー」

ほんの一音節だけ口ごもったのが罪だと言うのか。雨恵《あまえ》は調子に乗って俺の顔をのぞき込み、追及してくる。

目の色が変だ……もはやミステリーも殺人事件も忘れ去っているのは間違いない。

「ちょっと！　人を勝手に変な妄想に使わないで……！」

そんな俺たちの間に割って入ってくれたのは、さすがのクラス委員だった。微《かす》かに頬を赤くしながら、姉の顔に平手を当てて強引に押し戻す。

「ぁぁぅ、冗談だってば」

「まったく、いい加減にして……二人とも」

「え、『二人とも』って、俺はなにも……」

抗議しかけたが、雪音《ゆきね》に「んン？」と不機嫌ににらまれるとなにも言えなくなる。

雨恵の言葉に、雪音の寝顔はきっといい感じなんだろうなと想像してしまった。その負い目があったから。

そんなこんなで、殺人事件と恋愛の話はうやむやになった。

——もう一つ、うやむやになっていたことがある。

昼休みの終了間際、雪音が席を外したタイミングで、雨恵に訊《き》いてみた。

「今回のこと……平気か？」

「今回のこと？」

机に頬杖《ほおづえ》を突いてぼーっとしていた雨恵は、きょとんと目をまたたいた。

「『機械城《きかいじょう》殺人事件』だよ。あれだけ苦労して犯人へたどりついたのに、全部無駄になっちゃったんだぞ」

「ああ」

津木《つぎ》くんも藤村《ふじむら》さんも満足そうだし、俺としては結果に不満はない……はずだ。誰かに褒めてほしかったわけでもない……はずだ。しかし。

あの放課後の時間が無駄だったとか、そう思うと……どうにも、力が抜けてくる。

そして、そのことに対する雨恵の意見は、

「どうでもいいじゃん、そんなの。て言うか、答え合わせができてスッキリしたよ」

なんとなく予想していた通りのものだった。

「あたしは本を探したかったわけでも、推理小説の謎を解きたかったわけでもないもん。できそうで、できたら面白そうだと思うことがあったからやっただけ」

「……それが探偵を好きってことか？」

「ン？　あー…………どうだろ？」

「自己満足で……いや、いいんだけどさ」

「……なに？　どしたの戸村《とむら》くん？」

不意に雨恵《あまえ》の声のトーンが変わった。珍しく気遣わしげな感じだ。

用がなければへばりついている机から身を起こし、髪をかき上げながら俺を見る。それはいつになく大人びた仕草で、優しく語りかけてくる――

「そんな構ってほしそうな態度されても困るよー。君は初心者向けなんだから、子犬みたいにこっちの顔色うかがって、一挙一動に面白リアクションを返してくれなきゃさー」

「誰が子犬だ！」

前言撤回。やはりこの女は人の心が解《わか》らないモンスターだ……まったく。

「あははは、大声出た、出た。元気じゃん」

こっちを指差して無邪気に笑う雨恵に、俺はいろいろと考えるのが馬鹿馬鹿しくなってきた。

結局のところ、俺も双子も、探偵でも名探偵でもない。たまたま舞い込んできた問題になんとなく対応しているだけだ。そして、さすがにこれ以上は変な問題に巻き込まれることもないだろう。

季節が変わればまた席替えもある。双子とも離れて、ようやく平和な高校生活が始まる。

ああいうおかしな放課後は、もうない。

そう、なぜかまた重くなる頭で考えていた。

考えていたのだが――

「――おお、残っていたか探偵」

それから数日が経《た》った放課後。

ちょっとした理由《わけ》があって帰るのが遅れていた俺と双子の席に、クラスメートの三原《みはら》さんが訪ねてきた。

三原さんは雨恵の前の席の女子だ。ショートカットのよく似合う、ボーイッシュな印象の人なのだが、クラスで一番背が低いという特徴もあって服によっては男子小学生にも見える。ただし、その場合は大層な美少年ということになるだろう。

彼女はたしか、美術部だったはずだ。なにやら大工道具のような物を持ち歩いているのを見た雨恵に訊《き》かれて、そう答えていた覚えがある。彫刻に使うとかなんとか。

その日も、一度部活に向かった後、俺たちに用があって戻ってきたらしい。

より正確には、用ができたから、ここに来たのだという。

「すまないが、ちょっと部室まで来てくれ」

見かけは小柄で可愛《かわい》らしい女の子の三原さんだが、しゃべり方はむやみに凛々《りり》しい。

それはともかく――俺は返事をする前に訂正をした。

「いや、三原《みはら》さん……家がそうだってだけで、俺は探偵じゃないから」

「しかし琴ノ橋《ことのはし》と津木《つぎ》の頼み事は解決したのだろう。三人で」

すぐ前の席だけあって、三原さんは俺たちの事情をだいたい把握しているようだった。

放課後にはいなくても、朝や休み時間に俺たちの会話を聞いていれば、これまでになにをしてきたのか大筋は知れてしまう。

「その実績を見込んで、事件の調査を頼みたいんだ」

「事件……というと――」

聞き返したのは雪音《ゆきね》だった。いつもなら姉の方が食い付きそうな流れだったが、今の雨《あま》恵《え》はすっかりヘソを曲げてしまっている。仏頂面で窓を眺めていた。

機嫌が悪いのは妹も同じはずだが、クラスの代表たる委員長の責任感が勝ったようだ。

「いったい、なにが起こったんですか？」

「刺されている」

……え？　と二人して口を半開きにする俺と雪音、そしてようやく視線を向けてくる雨恵の顔を見回してから、三原さんは淡々と付け加えた。

「ナイフで胸を一突きだ」

第三話．放課後、はさまれる、ひっくり返る

三原さんの持ち込んだ「事件」の現場に向かう前に、なぜ今日の双子がそろって不機嫌なのかを語っておこう。

きっかけは朝の宿題で、火を付けたのは昼休みの赤ずきんだった。

◆

——朝、登校するなり俺は山田《やまだ》雨恵にすがりつかれた。

「いやー、悪いね戸村《とむら》くーん」

二時間目は数学の授業で、数学の先生は宿題を忘れた生徒に厳しかった。さすがに体罰をしたりはしないが、黒板の前に立たせて問題が解けるまで席に帰さないとかする。

この間《あいだ》、琴ノ橋さんがそんなさらし者になって、授業後に数学教師への悪口雑言を吐きまくっていた。同じ圧政に苦しむクラスメート諸氏も同調していたが「もういい！　タツオに慰めてもらってくる！」と琴ノ橋さんが教室を出て行くなり、男女問わずみんなで舌

打ちした。

ともかく、そんな授業の宿題を雨恵《あまえ》は忘れてきていた。いつもは妹が注意してやらせているらしいのだが、今日に限っては姉の監督を忘れたらしい。

「雪《ゆき》がさー……昨日《きのう》は宿題あるって教えてくれるの忘れてて、今日は写させてくんないんだよ」

俺からノートをひったくり、自分のノートに書き写しながら雨恵が愚痴る。俺の向こう側に座る妹へ聞こえよがしにだ。

「……昨日の夜は忙しかったし、宿題は自分でやらなきゃ意味がないでしょ」

妹もまた、姉を見もせずに正論を飛ばす。お説ごもっとも、としか言いようがない。

しかし、正論は俺にも飛び火してきた。

「戸村《とむら》くんも……なんで雨《あめ》に写させちゃうんですか？　甘やかさないでください」

例によって読書中の雪音《ゆきね》は眼鏡をかけていて、委員長感が冴《さ》え渡っている。

「ああ……うん。でも、雨恵にはいろいろ助けてもらったし」

琴ノ橋《ことのはし》さんの件でも津木《つぎ》くんの件でも、雨恵に謎を解いてもらわなければ俺はもっと長い間、憂鬱な時間を過ごすことになっただろう。さんざんからかわれ、心を弄ばれている点を差し引いても、雨恵への恩義は小さくない。

……いやまぁ、それ以前に、登校するなり腰のあたりへ抱きつかれて「ノート見せて！」

と泣きつかれたから、混乱するやら頭に血が上るやらでノートを渡さざるをえなかったのだが。

「まったく戸村くんは……そんなだから初心者向けとか言われて、いいように使われてしまうんです」

雪音はあくまで厳しかった。思い当たるフシもあるので口答えもできない。

「ちょっと抱きつかれたくらいでデレデレと……いやらしい」

「いや、だから恩返しで貸しただけで……」

そこはさすがに否定しておいた。放っておくと雪音の中の俺が色魔になってしまう。

助け船というわけでもないだろうが──ここで雨恵が口を挟んできた。

「うっるさいなぁ雪は……戸村くんに当たんないでよ。

……て言うか、宿題なんて、手段はどうあれ解答欄を埋められればいいんだよ。穴を掘る時には、自分の指先じゃなくてスコップを使うでしょ？　それを得意な友達がいれば、自分ができる必要はないの」

言いたいことは解《わか》る気もするが、雨恵が言うとサボりを正当化するための言い逃れにしか聞こえない。雪音も俺と同じように感じたようだった。

「屁理屈《へりくつ》こねない！　雨は勉強が嫌で、できない子だから、他の人も嫌なんだと思っちゃうんだよ。ちゃんと授業を聞いて理解してる人は、宿題もテストも恐《こわ》くないんだから」

いやぁ……それはどうだろう？　と、俺は思ったが、腕組みして語る雪音《ゆきね》は本気でそう考えているようだった。優等生……と言うより、素で勉強が苦にならないタイプなのだろう。

話にならないと見たか、雨恵《あまえ》はぷいとそっぽを向いて、宿題を写す作業に戻った。

「あー……そうですか。だから雪《ゆき》ちゃんは友達がいないんだねー。要らないから」

「っ……それは関係ないでしょ」

姉の捨て台詞《ぜりふ》に雪音が言い返そうとしたところでチャイムが鳴り響き、ほどなくして担任の先生が朝のホームルームを始めた。

その時は別に、大した問題とは思わなかった。姉が怠けたりからかったりして、妹が怒って説教する。この程度の姉妹喧嘩《げんか》は日常茶飯事で、毎日を双子に挟まれて過ごしている俺には慣れっこになってしまっていた。

どちらが謝るわけでもなく、放課後にはなんとなく鎮火して——つまり飽きて——二人で連れ立って帰る。それがお定まりのパターンだった。

しかし、このささやかな小火《ぼや》に、昼休みになって赤ずきんが油をぶちまけたのだ。

「赤ずきんちゃんってさー……あるじゃん」

いつものように俺が弁当箱を開いていると、不意に雨恵が言ってきた。声量からも語尾からも独り言ではない。しかし、いかにも唐突だ。

「……童話の？」

一応確認すると、「そう、それそれ」と人の悪い笑顔を向けてくる。……なんとなく嫌な予感がした。

「赤ずきんちゃんがお祖母《ばあ》さんの家に行ったら、お祖母さんのふりした狼《おおかみ》に食べられちゃう話」

結局、狼は猟師に退治されて、赤ずきんちゃんとお祖母さんは生還するんだったか。

「で、それがどうしたんだ？」

今日の弁当は、珍しく朝から元気だった姉さんが用意してくれた。地穂《ちほ》姉さんはああ見えて料理が上手《うま》い。特に、スーパーで安かったキノコを適当にホイル焼きにしたやつは、子供の頃から俺の好物だった。適当なのに妙に美味《うま》い。不思議だ。

その不思議なやつが入っていたので、俺のテンションはにわかに跳ね上がった。

俺がホイル焼きに魅入られている内にも、雨恵の話は続く。

「前にテレビだかで見たんだけど、あれって、原型になったバージョンじゃ狼に食べられて終わりなんだってね」

「それは後味が悪いな……」

「だよね。あと、赤ずきんちゃんが食べられる前に服を脱がされるシーンがあったりさ」

……昼食時になにを言い出すんだ、この女は。

無視しようかとも思ったが、意図が気になったので一応、相槌《あいづち》を入れた。

「まぁ……怪しい相手に付いていっちゃダメだっていう、女性への教訓なんだろうな」

「そうなんかね。でも、服脱がすって、なんか妙にリアルって言うか」

カチャリ……というのは、とうとう我慢できなくなった雪音《ゆきね》が箸を置いた音だった。雨《あま》恵《え》は平気な顔だったが、俺の背筋に冷たいものが走る。

「くだらない……小学生じゃないんだから、昼間から変な話しないでよ」

静かな怒気の籠もった視線が雨恵へ向けられる。……気のせいか、その視野に俺も収まっているように思えるが気のせいだろう。

しかし雨恵に動じた様子はない。わざとらしく不思議そうに聞き返す。

「変な話ってなに？　童話の話くらい、したっていいじゃん」

「だから……童話は本当は怖いとか、残酷だとか………やらしいとか。そんな話でよろこぶのはコドモだけ。高校生にもなって、そんな話で盛り上がろうなんて」

「え？　なんで赤ずきんが服を脱がされるとやらしいの？」

「そんなの……言わないよ。困らせようったって無駄」

雪音は掌《てのひら》を伸ばした両腕をクロスして×《バッテン》を作り、説明を拒否した。そのポーズこそ子供っぽかったが、可愛《かわい》いからまぁいいか。

——しかし、その時にはもう、山田《やまだ》雪音は実の姉が仕掛けたとも思えぬ卑劣な罠《わな》にはまり込んでいたのだ。

「だから、なんで困るのさ雪《ゆき》。いくら狼《おおかみ》でも服を食いちぎるのは大変だから、食べる前に脱がしたんでしょ？　妙にリ、リ、リ、アルだよね」

「あっ……！」

……なるほど、その発想はなかった。けど、考えてみると当たり前だ。布を食べる狼というのは聞いたことがない。いや、しゃべる狼のいる世界の時点でリアルもなにもないけども。

もちろん、「赤ずきん」の原型とやらは、若い女性が好色な男たちの餌食にならないよう戒めるために書かれたのだろう。だから服を脱がすシーンはたぶん、性行為をほのめかしている。雪音の解釈が本来のもので、雨恵の「服は食べられないから脱がせた」説の方がトンチを利かせた発想なのだと思う。

しかし——と、俺はその時になって初めて、これが朝の勉強に関する会話の続きなのだと気付いた。

「あたしが勉強が嫌だから、他の人も嫌だと思っちゃう——だっけ？」

そうして雨恵《あまえ》は、その奸計を完成させる言葉を放った。

「じゃあさー……今の話を聞いて、すぐエッチな話だと思っちゃった雪《ゆき》ちゃんは、自分がエッチだってことなのかな？」

「っ……くっ……！」

雪音《ゆきね》の頬がみるみるうちに朱《あか》く染まっていく。机の上に置いた小さな拳がぷるぷる震えていた。

……なんて奴《やつ》だ山田《やまだ》雨恵。きっと午前中いっぱい、このおちょくりを妹に見舞うために計画を練っていたに違いない。そんなだから勉強できないんだよ！

と言って、普通なら簡単に言い返すことができただろう。それこそ「くだらない」と一蹴して無視すれば終わる話だ。

しかし、「自分が思っているから、他人も同じように思うと信じ込む」という理屈を自分から使ってしまった以上、行き過ぎて真面目な雪音には雨恵の詭弁《きべん》を無視できないらしい。

そんな妹の不器用な性格も見切った上で、雨恵は朝の仕返しをしたのだ。ぷぷぷと口元を押さえながら雪音の背後へ回り、邪悪な得意顔《ドヤがお》で勝ち誇る。

「どーよ雪ちゃん。ちょっと勉強できるからって偉そうに極《き》め付けてると、インガオーホーするのだよ。これに懲りたら、宿題はお姉ちゃんに見せてから提出するように」

そして、前半と後半に全く脈絡のないことを言った。結局自分が楽をしたいだけじゃないか。

雪音はなにか言い返そうとして、言葉を舌に乗せ損ねるのを繰り返しているようだった。自分の発言で自縛されているのはもちろん、そもそも下ネタ的な会話が苦手なのだろう。そういうのを平気なキャラの姉に対して分が悪すぎる。

……うーん。さすがにやりすぎだな。

さすがに見かねて、俺が「おい、そのくらいに——」と言いかけたタイミングで、雨恵が妹へささやきかけた。

「そんな照れなくていいのに。思春期なんだからエロエロでも当たり前だって」

その一言で、雪音の中でコップの水があふれたらしい。


「エロエロじゃないし!!」


それまで出し損ねていた声を束《たば》にして吐き出したような声量で、姉に怒鳴りつけた。

いつもの理性的な物言いではなく子供っぽい口調だ。感情が沸点を超え、衝動的に叫んでしまったのだろう。

それはいい。どんなに物静かで知的な人でも、たまには大声の一つも出してストレス解消するべきだ。

問題は、ここが教室で、昼休みでもそれなりの数の生徒が残っていることだった。

彼らには当然、赤ずきんに始まる話の流れは解《わか》らない。そこに突然の大声。しかもクラス委員が自分の非エロエロを訴える叫びである。

何事が起こったのかと——注目が集まった。

「あー……えーと……」

あまりに唐突な事態に、お調子者の雨恵《あまえ》もにわかに対処できない。一方で、

「っ……ぁ…………」

さらに混乱したのは当の雪音《ゆきね》で、もう茹《ゆ》だったように顔が真っ赤になっている。

そして、よろよろと今にも転びそうな足取りで立ち上がり、教室を出て行った。

……逃げたか。気持ちは解る。

「ああ、ごめんごめーん。ちょっとふざけてただけ」

教室の方は、雨恵が適当にごまかしただけであっさり収まった。山田《やまだ》姉妹のキャラクター性はそろそろ把握されつつあるので、「まぁそういうこともあるだろう」という空気だ。そもそも無関心な人も多い。

こっちはこれでいいとして……

「……おい、どうするんだよ」

「なにが？」

自分の席に戻って弁当を用意し出す雨恵に、俺はちょっと驚いて訊《き》いた。

「追いかけないのか？」

「休み時間終わる頃には帰ってくるでしょ。マジメちゃんだし」

雨恵は、心なし素っ気なく言った。それはそうかもしれないけど、

「いいのか、あのままで」

雨恵は俺の方をちらりと見て、後はなにも答えてこなかった。

……様子がおかしい。いつもの雨恵なら、へらへらふざけながら雪音に誠意のない謝罪をして、お座なりに済ませているところだ。

拗《す》ねる、というのは、いつもの無責任さとは相反するリアクションだろう。

こっちはこっちで、予想外に妹を傷付けてしまったことに混乱しているのかもしれない。

常に微笑《ほほえ》んでいるような口元が一文字《いちもんじ》に閉じている。

「雨恵」

重ねて呼びかけると、珍しくむすっと不機嫌な視線と声が返ってきた。

「なんかさ、こういう時に呼び捨てにされるとムカつくんだけど」

自分で呼ばせといてそれか……とげんなりする一方、ちょっと安心もした。

「人の心を持たないクラゲ人間かと思ってたけど、妹のことになると困ったり意地になっ

たりもするんだな」

「……ケンカ売ってる？」

「見直したんだよ」

わりと本気で言ったのだが、雨恵《あまえ》はもう無視を決め込んだようだった。

俺は自分の弁当を見下ろした。姉さんの作ってくれた、冷めても美味《おい》しいホイル焼き。朝から食べるのを楽しみにしていたホイル焼き。その像を断ち切るように、蓋を閉め、立ち上がる。反動のように溜息《ためいき》が落ちた。

気付いた雨恵が端的に問いかけてくる。

「……なんで？」

「なんでって、そりゃ」

そりゃ、なんなのか。俺は答えずに歩き出した。自分でもよく解《わか》ってないから答えようがない。

廊下に出て教室の戸口《とぐち》から死角になるまで、いつになくじめっとした雨恵の視線を感じていた。

雪音《ゆきね》は、拍子抜けするほどあっさり見つかった。

教室を出て階段に差しかかったあたりで、なんとなく引っ張られるものを感じて上へ登った。一年生の教室は三階で、それより上は屋上だけだ。

　屋上は基本立ち入り禁止なので施錠されている。さらに、屋上へ出る扉のある空間には予備の机と椅子が積み重ねられていて、狭い上に一日中薄暗く、誰も寄り付かない場所になっていた。生徒たちがたむろしないように、わざとそういう環境にしているのかもしれない。

　そんな場所に、雪音はいた。階段の一番上の段に座り込んでいる。

　俺が来たのには気付いたろうが顔も上げず、ただ生気のない視線を向けてきた。

「えーっと…………だいじょうぶか？」

　雪音はなにも言わず、ただ小さくうなずいた。拒絶されてはいないと判断して、恐る恐る隣に座る。清掃は入っているのか床は汚れていなかった。

　俺が腰を下ろす一瞬の間に、雪音はその場で素早く座り直した。適当にしていたスカートの形を整えたのだと気付いて……女子と二人きりだという状況を意識してしまう。

　少しの沈黙。いつものように隣に座り、いつもの隣よりちょっとだけ近い。俺が黙っていると、雪音が口を開いた。

「……なんでここに居るって判《わか》ったんですか？」

「暗いやつが好きそうだなって」

「……ケンカ売ってますか？」

「い、いや、俺も明るい方じゃないし……」

なんて虚《むな》しい言い合いなんだ。二人とも肩が落ちてくる。

雪音《ゆきね》もドツボにはまるのを感じたか、話頭を転じた。

「……教室はどうですか？」

「雨恵《あまえ》が適当にごまかしたら静まった。帰って平気だと思う」

「そうですか」

言いつつ、雪音の腰は階段に張り付いたまま剥《は》がれる気配がない。

俺は言葉を選ばず、思い付くままに投げた。

「自分で思ってるほど大したことじゃないよ」

「………………」

「雨恵も後悔してると思う……たぶん」

「……どうでしょう」

「俺より解《わか》ってるだろ。良くも悪くも、本気で誰かを傷付けようなんてしないって」

「それは……そうでしょうね。雨《あめ》は誰でも、どうでもいいんです。

なんでも調子よくこなして、勉強なんてしなくても正解にたどり着けるから、特にわたしなんかはうっとうしい雑音でしかないんです」

あぁ……これは思ったより重症かもしれない。体調が悪い時の俺みたいな考え方をしている。

「そんなことないだろ」

「そんなこと、ありますよ。琴ノ橋《ことのはし》さんの時だって津木《つぎ》くんの時だって、わたしは結局なにもできませんでした」

「いや、ノックスの十戒《じっかい》とか知らなきゃ絶対出てこないし、雨恵だけじゃどうにもならなかったと思う。本当に役に立ってないのは、相談された当人の俺だよ」

言ってて悲しくなったが、事実なので仕方ない。思い返しても相槌《あいづち》を打ってただけのような気がする。雪音は立派に知恵袋をしてくれていたと思う。

偽らざる俺の言葉に、しかし雪音は吐息混じりに頭《かぶり》を振った。

「戸村《とむら》くん、気付いてないだけで……上手《うま》く言えませんけど、雨に欠けてるところと噛《か》み合ってます。意外といないんですよ、そういう人。

でも、わたしはいくらでも代わりが利く、その他大勢って感じで……凡庸、俗物、走れば転ぶ、教室で叫び出す、夢を忘れた古い地球人、官渡《かんと》の戦い前に郭嘉《かくか》が評した袁紹《えんしょう》です……」

普段の語気強めの物言いからは想像もできない、劣等感の旗下《きか》にある語彙のオンパレードだった。いや、元々こういうネガティブな考え方だから、寄ってくる人を牽制《けんせい》するようになってしまったのか。

なにが困ったかと言って、こうなってしまうとおだてても挑発しても相手は悪く取ってどんどん落ち込んでいってしまう。慰めようがない。地穂《ちほ》姉さんがまさにこういうタイプなのだ。

だから、

「……家《うち》の家族はさ、俺と父親と、姉が二人の四人きりなんだ。いや、上の姉さんは出てっちゃったし、お祖父《じい》ちゃんとか元気なはずだけど、もうだいぶ会ってない」

自分の話をしてみた。関係ない話を聞いた方が落ち着くこともある。

なんですか急に、とばかり雪音《ゆきね》が物問《ものと》いたげな視線を向けてきたのに気付いたが、とりあえずは話してしまうことにする。

「上の姉さんが出て行く前、父親とも下の姉さんとも大喧嘩《おおげんか》したんだよ。父親の方は、姉さんの親友の結婚が探偵のせいで破談になったからだ。その友達、学生の時にケンカや万引きで捕まった過去があって、それを知った相手方の両親から家に迎えられないって断られたらしい」

「お父さんが調べたんですか？」

「いや。全然違う、別の探偵事務所」

「それなら八つ当たりでは……？」

「うん。まぁ、そうなんだけど……姉さんは父親が自分の友達を不幸にした仕事をしてることが業腹だったんだ。それは一時の感情だったのかもしれないけど、父親も父親で頑固なところがあるから、『そんなのお前のダチが万引きしてたのが悪いんだろ。本人にとっては若気の至りでもな、万引きで潰れる店もあるんだぞ』とかなんとか言い返して……」

「正論ですが」

こんな時も委員長は真面目だった。苦笑い、でも素直に、笑った。

「正論だから姉さんも追い詰められて、他の細々した不満の全部をぶちまけて家出して、そのまま帰って来なかったんだ。その時にはもう就職して自活できたから」

「それは……短気なわりに行動力も生活力もあるお姉さんですね。雨《あめ》だったら三日と保《も》たずに野垂れ死んでると思います」

常になにかに寄りかかっているような印象の雨恵《あまえ》だけに、そのイメージは容易に想像できた。

「その後も俺にだけは電話くれるから、無事なことは間違いない」

俺を家に残してきたことだけが心残りだと何度も言われた。そのたびにもう子供じゃないよと返すのだが、どうも真面目に受け取ってもらえたことがないように思う。

「ともかく、それが子供の頃から世話になった姉さんが家を出て行くきっかけだ。だから探偵ってものを、俺は嫌いなはずだった」

「はず……だった？」

「子供の頃は好きだったんだよ。なんかカッコイイから」

「解《わか》ります」

雪音《ゆきね》は即答でうなずいた。

「でも、実際はすごい地味で時にはダーティな仕事だって知って失望した。そういうのに憧れる人もいるかもしれないけど、俺はあんまり惹《ひ》かれないかな。姉さんが出てったことで、もう絶対に関わりたくなくなった。

……なのに、入学式の日に口を滑らせて、琴ノ橋《ことのはし》さんとか津木《つぎ》くんとか、ああいうことになった」

「探偵……なんか違う気もしますけど……まぁ、でも、やったことは探偵なんでしょうか。他に言い方を思い付きません」

雪音のボキャブラリィでも、あれは「なんか違う気がするけど、他に適当な言葉がないから、探偵」になるのか。思いのほかふにゃふにゃした概念だな探偵。

でも、だったら、

「俺はやっぱり探偵が好きなのかもしれない。

姉さんの件で、人を不幸にする存在みたいに思ってたけど……でも、本当のことを調べて誰かの不安とか誤解を解消することもできるって解ったし」

「名探偵みたいに？」

「名探偵みたいに。……ああいや、本物の殺人事件とかは御免だけど」

死体の数と名声が比例するようなキャリアは不毛すぎる。

同じことを思ったのか、雪音は笑った。彼女のまともな笑顔を見たのは初めてかもしれない。

「そうですね」

笑顔から出た声も微笑《ほほえ》んでいた――

「……でも」

思わず黙り込んでしまった俺に首を傾《かし》げ、雪音は不思議そうに訊《き》いてくる。

「なんでそんな話を？」

答えようとして上手《うま》く声が出ず、咳払《せきばら》いして、改めて口中に作った言葉を吐き出した。

「要するに……家《うち》の姉さんみたいになってほしくないんだよ。

つまらないことからケンカになって、そのままずっと離れ離れになっちゃうようなことにはさ」

「…………」

「あの人がいなくなってから、家はメチャクチャなんだ。親父はやさぐれて生活習慣がボロボロだし、もう一人の姉さんは前にも増して情緒不安定になって月に三日くらい窓の外がマンボウだらけの水族館に見える病気を発症するし」

「残ってる方のお姉さん、だいじょうぶですか……?」

「たぶん。一般的な職業病だって言ってたから……まぁともかく」

そこで言葉を切ったのは、結論を言う段になって急に気恥ずかしくなったからだった。

喉に言葉が詰まって息苦しくなり、頬が熱くなる。

でも、こういう時に言うべきことを言えなかったから天和《あんな》姉さんを止められなかった。

いずれ巣立つ人だったにしても、あんな形で、巣をメチャクチャに蹴壊《けこわ》しながら飛び立たせるべきではなかった。

壊してしまったら、戻る場所がなくなってしまう。

だから俺は、姉さんのお陰で、ワガママを言えた。

「山田《やまだ》さんに帰ってきてもらわないと、俺が困る。

俺じゃ雨恵《あまえ》の面倒を見きれないし、雨恵のウザ絡みが俺一辺倒になったらノイローゼになりそうだ。なにより……山田さんはもう、俺にとっての『探偵』の一部だから。

赤ずきんがエロいとかエロくないとかで、その関係を壊したくない」

…………………

しばしの沈黙があった。雪音《ゆきね》は目を丸くして俺を見て、ただ見ているだけだった。言ったことは理解したと思うのだが、反応が返ってこない。

閉ざされた屋上階の薄暗い空間に昼休みの喧噪《けんそう》が遠く響いて、なにか大小様々な小石を混ぜて転がすような音になっている。教室に居てはとても聴こえない、微《かす》かな、しかし群れた足音。

　雪音の沈黙は、それが耳に馴染《なじ》み始めるくらいに長く続いた。

「そんな――」

　ようやく出てきた言葉もすぐに途切れて、しばらくしてから言い直す。

「そんな……まともに話すようになってそれほど経《た》ってない相手に、そんなこと言っちゃうんですか？　自分の都合を」

　怒っているのでも憐《あわ》れんでいるのでもない。ただ不思議そうな声だった。どうも、彼女の常識を逸脱する要求だったようだ。しかし、

「それは……だって、仕方ないだろ。そうなんだから」

　俺から差し出す物がなにもないのだから、開き直って訴えるしかない。

　雪音はそんな俺を半眼で眺めていたが、やがて自分の膝に顔を埋めて、

「…………はぁっ」

　声と変わらないほど大きな息を吐《つ》いた。これほど明確な感情表現もあまりない。盛大に呆《あき》れられたのだ。

　説得失敗か……と胃を重くして見守っていると、次に顔《かお》を上げた時、雪音は微笑《ほほえ》んでいた。雨恵に似たような、でも少し大人びたような表情だった。

「本当に初心者向けですね、戸村《とむら》くんは」

薄暗闇《うすくらやみ》の中で、涙とは違う潤いを帯びた彼女の瞳が、闇とは違う黒さで映えている。

「わたしでも、どうにでもしちゃえそうです」

「………どうにでもって」

言い返せたのは、それだけだった。

たしかにそうだと、思ったからだ。

——先に立ち上がったのはどちらだったか。歩き出した瞬間に忘れてしまった。

ともかく俺と雪音《ゆきね》は、いろいろとあいまいな会話を経て、教室へ戻ろうと階段を降り始めたのだ。

「ところで……」

ふと、雪音が階段の途中で立ち止まって口を開く。俺も立ち止まって振り向くと、まだ陽光の届かない階段に立って、雪音は前髪をいじっていた。

「わたしのこと、『山田《やまだ》さん』と呼ぶことになってましたけど……」

屋上階で話していた時より明らかにぎこちないしゃべり方だ。ある種の隔離空間から廊下に戻ることで、本来の距離感を思い出してしまったのかもしれない。

少し寂しい気もしたが仕方ない。そんなことを思いながら見上げていると、雪音は唐突

なことを言い出した。

「雨《あめ》がすぐそばにいるのに、わたしだけ『山田《やまだ》さん』というのはいかにも……アンバランスです」

たしかにそうだ。雨恵《あまえ》も「山田さん」なのに雪音《ゆきね》だけ「山田さん」呼びするのには違和感があった。けど、こんな場所で急に話すことだろうか……と思ったが、別に困ることもないか。

「じゃあ……ええと」

……いいのかな……？

「──雪音」

「…………それは、なしで」

雪音は息苦しいような顔で、息苦しそうな声を出した。

やっぱりダメか……雨恵はああいう性格だし慣れてきたが、女子を名前で呼び捨てるというのは本来、もっとハードルの高いものなのだろう。

……それじゃ、

「雪音さん？」

雪音は真顔で受け止めようと努力したようだった。しかしやっぱりむずがゆさに耐えられなかったように顔を背けた。頬が変な形に歪《ゆが》んでいる。

「ご、ごめんなさい……呼び捨てより恥ずかしいかも」

……解《わか》る気もする。言ってから気付いたが、名前にさん付けはなんか、御両親にあいさつする時のような言葉遣いだ。

しかしそうなると、なんて呼べばいいのか。

すぐ思い出したのは、雨恵が妹を言う時の「雪《ゆき》」だ。しかし、これだと気安すぎる感がある。ここは中を取って、

「……雪さん、でどう？　なんかあだ名っぽいし」

そこそこ交流のある同級生という感じの呼び方ではないだろうか。本人も、前の案と違ってすぐに却下しなかった。

「ユキサン………ちょっと恥ずかしいですが、うん。他のよりは」

しばらく口の中で咀嚼《そしやく》して、妥協してくれたようだ。

……ふぅ、今度こそ帰れるな。長々話してたから、もうすぐ予鈴が鳴る頃だ。

「じゃあ行こう、雪さん」

「……やっぱり恥ずかしいかも」

「もう変えないぞ」

そこは断固として歩き出した。

窓のない階段から廊下に出るだけで別世界のように明るい。雪音——いや雪さんは、眉

のあたりに手を当てて、まぶしそうに目を細めた。

教室に戻った途端に予鈴が鳴って、俺と雪《ゆき》さんは急いで弁当を片付けた。雨恵《あまえ》は帰ってきた時の物音にちょっとだけこちらを向いたが、後は黙り込んで窓の外を眺めていた。

そっぽを向いているのは妹の方も同じで、謝ってくるまで口を利かない構えに見える。

……雪さんを連れ戻せたのはいいが、きっかけを作らないと姉妹喧嘩《げんか》は終わりそうにない。まぁ、放《ほ》っといてもその内に仲直りしてそうだし、俺の言いたいことは伝えてある。

これ以上は、あんまりくちばしを容《い》れない方がいいだろう。

ひとまず放置することにした。

五時間目、業間、六時間目と、雨恵は妹だけでなく俺にも声をかけてこなかった。移動教室があったりしてあわただしかったせいもあるだろうが、他の知り合いには普通にちょっかいをかけていた。

ひょっとして、俺に対してもヘソを曲げているのか？　……なんで？

そんなことを思っている内に迎えた放課後。

俺と雪さんは昼休みに食べ損ねた分の弁当を食べていた。山田《やまだ》さん家《ち》はどうだか知らないが、家《うち》は残して帰ると姉さんが泣いて寝込む。

「……珍しいおかずが入ってますね」

ホイル焼きをがさがさやっていると、雪さんに声をかけられた。おとなしそうな見かけによらず健啖家《けんたんか》で、ハイペースな三角食べでみるみる弁当を減らしていっている。

「姉さんの得意料理なんだ」

答えながら玄妙な味付けのキノコを口に運ぶ。うん、冷めても美味《うま》い。不思議と美味い。

「え……マンボウの……？　だいじょうぶなんですか？」

「今日は平気だと思う。水族館は昨日見たばっかりだから」

「だいじょうぶなんですか……？」

なんで二回訊《き》いたんだろう？

――と、ふと視線を感じる。雨恵だ。彼女に居残る理由はないはずだが、あらかたの生徒が去っても立ち上がろうとしない。

……さっさと謝ればいいのに。目顔でそう訴えるが、目が合うなりぶすっと顔を背けられた。やっぱり俺にも不機嫌だ。

雪さんも当然、気付いているだろう。双子とも、お互いに目をやらないようにしているが、全身で気配を探り合っているのが判《わか》る。

先制してよそよそしく口を開いたのは妹の方だった。

「……先に帰ってもいいんだよ」

「はぁ？　帰る時間くらい自分で決めるし」
姉は姉で素っ気ない。不穏な空気が膨れ上がる。そしてそれは、本来無関係なはずの俺をはさんで交わされているのだ。
今にも姉妹喧嘩《げんか》が再開されそうで……いたたまれない。
楽しみだったはずの弁当の味を解《わか》らなくする一触即発の空気。
美術部の三原《みはら》さんが教室へ現れたのは、そんな時だった。
——おお、残っていたか探偵
——刺されている
——ナイフで胸を一突きだ
そうして、そんな言葉で俺たちに第三の探偵《ケース》をもたらしたのだ。

◇

美術部の部室は、有り体に言って美術室だった。
特殊教室棟三階の一室で、通常の二倍の広さの部屋だ。部屋の後方に木椅子が積んであるだけで、後は授業によって別の教材を広げるためになにも置いてない。

今は誰も人がいないせいで余計に空虚に見える。そんな部屋を入り口から見回して、

「あれ？　どこの誰さんが刺されてんの？」

三原さんに後ろから抱きついている雨恵《あまえ》が訊《き》いた。

あの後、「とにかく見てもらった方が話が早い」という三原さんに、なかば強引に連れ出されたのだ。一番くみしやすそうな雪《ゆき》さんの腕をつかんで引っ張っていったあたり、すぐ前の席だけあって俺たちの諸々《もろもろ》を把握しているようだった。

本当に人が刺されているのだとしたら、なにをどう考えても俺たちの出る幕ではない。三原さんもそれくらいは解っているだろう。じゃあ、なんで俺たちを呼ぶのか——それが気になって、俺も後を追ってしまった。

ケンカ中の雨恵があっさり付いてきたのはちょっと意外だったが、思えば三原さんは雨恵のお気に入りだ。常日頃から「可愛《かわい》いなぁ……」と挙動不審に口走りながら、小さくて形のいい後頭部を眺めている。

そんな三原さんが物騒なことを言って呼びにきたとなれば、頼まれなくても雨恵は同道するだろう。

「ここじゃない。現場は隣だ」

雨恵にまとわりつかれて動きにくそうにしながらも、三原さんは平然としていた。この

ミニマムボディに中性的な雰囲気、そしてなぜか騎士みたいな口調でしゃべる。女子にモテるのもむべなるかなだ。

その三原《みはら》さんが立ち止まったのは美術室の隣室の前で、プレートには「美術準備室」とある。

「美術部の作品は普段こっちに置いてあるし、ミーティングなんかもここで行う」

彼女は説明しながらノックもなしに引き戸を開いた。……この中で誰かが刺されてるのか……？

——戸が開くと、部屋の中が一望できた。美術室の半分以下の広さで、三原さんの言う通り種々雑多な「作品」がそこら中に置いてあっていかにも手狭だ。黒板にはスケジュールやコンクールの締め切り日。壁に張ったロープに、絵の具を乾かすためなのか、犬や金魚、水草を描《えが》いた水彩画が留めてある。

窓は突き当たりに一つきりで、方位の関係か窓外に伸びた木の関係か、この時間にもう薄暗かった。そろそろ電気を点《つ》けた方がいいかもしれない。窓の下には背の低いガラス戸棚があって、短めの筒が何本も入っていた。賞状だろうか。

そんな部屋の中に、今は三人の生徒がいた。女子が二人に男子が一人。

見たところ怪我人《けがにん》はいない。

「……あっ、ミサちゃん。どこ行ってたの？」

三原さんの顔を見るなり気遣わしげに声をかけた女性は、リボンの色からして三年生の先輩だ。女子にしてはやや長身で、おっとりした印象の優しそうな人だ。ミサちゃんというのは、三原操《みさお》の愛称だろう。

「部長、探偵を連れてきました」

三原さんは堂々と言い放って、まるで状況を理解できていない俺と雪《ゆき》さんを手で示した。

「探偵……さん？」

部長さんは困り顔で頬を撫《な》でる。そりゃそうだ。

見知らぬ一年生をいきなり探偵と紹介されても反応に困るだろう。三原さんの背中にへばりついて物珍しげに室内を眺め回している雨恵《あまえ》もちょっとした不審者だ。

しかし三原さんは、毅然《きぜん》と胸を張って一片の疑いもなく宣言する。

「はい。この事態を穏便裏《おんびんり》に解決できるのは、探偵をおいて他にありません」

「おい三原、穏便に済ますなら部外者を入れちゃマズいだろう」

と、これは俺を除けばこの場で唯一の男子、二年生の先輩だ。美術部のイメージから懸け離れた、がっしりした体格をしている。ただ、顔つきが純朴そうなせいかあまり恐《こわ》い印象はない。

「もちろん秘密厳守は約束させます」

「……これをやった犯人を見つけさせる気か」

最後に口を開いたのは、部屋の奥に居る三年生だった。イーゼルに載せた、大きめのカンバスの前に座っている。喉にヤスリをかけたようなハスキーボイスにぶっきらぼうな男言葉がよく似合う、なにかしら野性的な空気をまとった女性《ひと》だ。

明らかに伸ばしすぎた前髪の隙間から、値踏みするように俺たちを見ている。

……恐《こわ》いかどうかで言えばこの人が一番恐い。とにかく眼光が鋭いのだ。睨《にら》まれただけで背がすくむ。眼力《がんりき》とか目力《めぢから》とかいう言葉は、こういうものを言うのだろう。

現に美術部員の三人ですら、見て取れるほどの緊張を露《あら》わにした。あの雨恵《あまえ》が空気を読んで三原《みはら》さんから離れ、背筋を伸ばしたほどだ。物理的に強そうには見えないが、野性の嗅覚を圧倒するなにかを持っている。

しかし、それでも三原さんは怯《ひる》まず怖《お》じけず、その先輩へ答えた。

「はい、竹林《たけばやし》先輩。この三人ならできると信じています」

「……いいだろう。では、探偵だかなんだか。

わたしの作品を殺した犯人を見つけてもらおうか」

言いながら、鋭い目付きの竹林先輩は、目の前のカンバスを俺たちに見えるよう回転させた。

そのカンバスには穏やかな笑みをたたえた美女の姿が描かれていて、そして、その胸の真ん中から大振りなナイフの柄《え》が生えていた。

——俺と雪《ゆき》さんが息を呑《の》んでいる横で、ぽんっと軽い音がした。雨恵が手を打った音だ。

「あー……なるほど、ナイフで胸を一突きだわ」

三原さんの言葉はウソでも大げさでもまぎらわしくもない、端的な事実だった。平面の人物画に実物のナイフが突き立っている光景は、刺殺死体とはまた別の異様さがある。

ただ刺さっているわけではなく、刺した後でえぐり回したようでナイフの周囲がズタズタになっていた。ナイフの汚れが移ったのか傷口がわずかに黒ずんでいて、素人目にも補修のしようがないように見える。

ナイフの刃の大部分が裏側へ貫通していたが、入り口からだと机の陰になっていて全然気付かなかった。

「酷《ひど》い……ですね」

黙っているのに耐えられず、とにかく感想を口にした。

「コンクールに出す予定だったが、これでは無理だろうな」

それは大事《おおごと》なんではと思ったが、作者らしい竹林先輩は、あくまで淡々とカンバスをイーゼルに掛け直す。

「竹林先輩はコンクールの入賞常連で、この絵も出展すれば良い結果が期待できただろう」

三原《みはら》さんも落ち着いた声で補足してくれた。俺に芸術的センスがあるとは思えないが、そう言われると名画に見えてくる。狼《おおかみ》の威風を吹かせた描き手と結びつかない、繊細で優美な雰囲気の女性画だ。

「今日、わたしが部室に来た時にはすでにこうだった。放課後、最初にここへ来たのはわたしだから、わたし——竹林七子《たけばやしななこ》が発見者ということになる」

……ん？　あれ？

いつの間にか、俺たちが犯人捜しをする流れになってる？

と言うか、すでに実況見分が始まってしまっている。ただでさえ双子がギスギスしてめんどくさい時に、なんでこんな、前とは段違いに本格的な「事件」が舞い込んでくるんだ。

やはり俺は、探偵というものに呪われているのかもしれない……

頭を抱えたい気分でいる俺を置き去りに、

「この部屋、施錠はされていたんですか？」

意外と言うべきか、雪《ゆき》さんが積極的に事情を聞き始めた。視界の隅で雨恵《あまえ》がちょっと驚いたような顔をしている。今までのクラスメートと違い、相手は初対面の上級生だ。雪さんらしからぬ積極性だ。

「それも含めて、わたしから詳しく説明しましょうか」

問いに答えてくれたのは、おっとりした部長さんだった。

「美術部部長の古根《ふるね》美法《みのり》です。部《うち》の三原が無理を言ったみたいでごめんなさいね」

どこの馬の骨とも知れない下級生に対して丁寧なあいさつだ。あわてて頭を下げ、このまま話が進む前に確認した。

「あの……これ、普通に事件ぽいですけど、俺たちが調べてしまっていいんですか？」

ナイフまで使われている以上、責任を負いきれる案件ではない。人間に振るわれたわけではないとはいえ「凶器」が行使されたのだ。

古根部長も悩ましげに腕組みして、しかし「うん」と一つ、うなずいた。

「本当はダメなんでしょうけど……でも、被害者の七子がいいと言うなら、わたしたちに止める理由はないかな。ミサちゃんの言う通り、先生には知られず穏便に済ませたいし、とはいえ犯人は突き止めないと落ち着かない。

いずれにしても、責任は部長のわたしが負います。他に当てもないし、ミサちゃん推薦のあなたたちを信じてみる。

こう言ってはアレだけど、気軽に調べてみてちょうだい」

俺たちが来る前に散々対応に苦慮したのだろう。そう言った部長さんの笑顔には、いさぎよいあきらめと開き直りがあった。このまま放置して部内に疑心暗鬼を残すよりは、部外者に調べてもらってすっきりしたい、というところだろうか。

この流れになってしまうと、断る方が勇気が要る。雨恵と雪さんに目をやれば……それぞれやる気になっているようだった。目の奥が輝いている。

俺はクセのようになった溜息《ためいき》を吐《つ》きかけて、それは失礼だと呑《の》み込んで、それから深くうなずいた。

「解《わか》りました。やるだけやらせてもらいます」

雪《ゆき》さんにああ言った以上……信じてみよう。不幸を呼ばない探偵をやれることを。

——現場の状況や部長さんの証言をまとめると、こうだ。

美術準備室の出入り口は二つ。廊下側と、美術室への直通扉だ。しかし美術室側の引き戸の前には資料やガラクタが積み上がっていてとても通れない。最近動かした形跡もなかった。

窓は普通に全開にできるが三階だ。ベランダもないし、プロの軽業師か泥棒でもなければ出入りはできそうにない。

つまり出入り口は実質一つ。鍵は基本的に職員室にあり、用がある時に部員が理由を言って美術の先生から借り受ける。ただ、ここ数日はコンクールの追い込みで使用時間が不規則になる関係で、特別に許可を取って部長さんが預かっていた。もちろん職員室にもスペアがある。

今日も部長さんがいつも通り部室に向かおうとしたが、急にクラスの用事が入って少し遅れることになった。同じクラスの竹林《たけばやし》先輩は、思い付いたアイデアがあって早く部室に行きたかったので、部長さんのカバンから鍵を取り出して先に部室へ向かった。

一方で、

「俺が来た時にはまだ、扉は開いてなかった」

そう言ったのは、この場にいる唯一の男子部員で、二年生の物部《ものべ》先輩だ。

「すぐに部長たちが来ると思って、スマホ見て時間潰してたら竹林先輩が来て鍵を開けたんだ。先輩はこのところずっと、あの……問題の絵に掛かりっきりだったから、そのまま奥へ行って……」

自分の絵の異状に気付いたのだという。

「で、急いで部長を呼んでこいって言われてさ。窓際だから逆光でよく見えなかったけど、先輩にしては珍しく動揺してるみたいだったし、部長のいる三年の教室へ走ったよ」

「ボクが部室に着いたのは物部先輩と入れ違いだ。と言っても、ルートが違ったので先輩とはすれ違わなかった」

と、これは三原《みはら》さんだ。……そういえば三原さん、いわゆるボクっ娘《こ》なんだった。当人は至って落ち着いた人なのに、なんでこんなにキャラが濃いのだろう。

「部室に入ると竹林先輩が一人でいて、いつものように自分の絵の前に立っていた。その時にはもう落ち着いていたようだ。さすが先輩だ」

うん、と自分の言葉にうなずく三原《みはら》さんを見て、部長さんがさり気なく両手をわきわきさせていた。まるで今すぐに三原さんを抱きしめたいといったジェスチャーだった。気持ちは解《わか》らないでもない。三原さんの挙動には、利口な子犬に似たなにかがある。

「それでも異様な気配を感じて、どうしたのかと先輩のそばへ行くと、すぐに気付いた。先輩が精魂を込めて描いていた絵に、ナイフが突き立っていた。それも、念入りによじったような無残なありさまだ」

三原さんはいつものように無表情だったが、その声音はわずかに震えていた。美術部員として、先輩の作品を傷付けられたことへの憤りだろうか。

「その後、緊急事態と察した部長が用事を切り上げて物部《ものべ》先輩といっしょにやってきた」

そして、部員四人で善後策を話し合ったが結論が出ず——三原さんがクラスの「探偵」を呼びに走ったということらしい。

「普通なら帰っている時間なのに残っていてくれた。さすが探偵だ」

三原さんは褒めてくれているらしいけど……ここまでくると前世の因果かなにかという気がしないでもない。

「そして今に至る……というところだけど、なにか質問はある？」

発見からここまでの経緯を語り終え、古根《ふるね》部長がこんな状況でも柔らかな声で水を向けてくれた。

どうも部長さんは俺が三人組の中心だと判断したようで、基本的には俺に向かって説明している。俺は据わりの悪い思いをしたが、双子は気にしている風もない。

　仕方なく、率先して質問した。

「部員はここにいる人だけですか？」

「もう一人、一年生の男の子……ほら、そこに吊《つ》ってある犬とか金魚とか描いた金尾《かなお》くんがいるよ。今日は用事があるとかで不参加だけど」

　あの水彩を描いたのは一年生なのか。犬は茶色、水草は青緑、金魚はオレンジ色と、それぞれ単色の濃淡だけで動きを感じさせる絵に仕上げている。

「用事っつっても夕方アニメをリアルタイムで視《み》たいとかでしょうけどね。センスはあるのにいい加減なんだよ、あいつ。今日も、帰るなら帰るで昨日にでも直接言えばいいのに、メールで済ましやがって」

　言葉面《づら》は呆《あき》れているけど、物部先輩の口調に本気の非難は感じられない。部長さんの困り顔も微笑《ほほえ》み混じりだった。

「まぁ金尾くん、繊細なところあるから直接は言いづらかったんでしょう。でもあの子も、最近はコンクールに向けて頑張ってくれてるよ。

　……で、その金尾くんと、わたし、七子《ななこ》、物部くん、ミサちゃんの計五人が現在の美術部員だね」

「はい、ありがとうございます」

金尾《かなお》くんか……この場にいないのは無関係だからか、それとも犯人だからか。今のところは、気にかけておくしかない。

「そのゴツいナイフはどこから出てきたの？」

次に質問したのは雨恵《あまえ》だった。おとなしくしていたかと思えば、竹林《たけばやし》先輩のそばまで寄っていって絵に突き刺さったナイフを指差している。……あの威圧感のある先輩にあっさり近付けるのはさすがの度胸だ。

ナイフは刃渡り一〇センチほど、柄は木製で金属製の鍔《つば》が付いている。いかにも古びたくたびれ具合といい、冒険家か海賊が持っていそうな短剣だった。

「ああ、それなら、そこの箱ン中にずっと前からあったやつだよ」

物部《ものべ》先輩があっさり答えて、部室の隅に置いてある段ボール箱を指で示した。箱の側面に「モティーフ箱、自由に使ってネ！」とポップな字体の張り紙がしてある。のぞき込んで見ると、野球ボールや凝った意匠のオルゴール、小さな石膏《せっこう》像、等々……ガラクタにしか見えないが、画題や想像力の叩《たた》き台にするアイテムなのだろう。

「最初に見た時はびっくりしたけど、刃は目立たないように潰されてるから、そう危なくはないみたい……模造刀っていうのかな？」

「カンバスを貫くには十二分《じゅうにぶん》だったようだがな」

部長さんの補足に、竹林先輩が身も蓋もない指摘を加える。

「ちなみにケースは床に落ちていた」

見れば、革製のナイフケースがテーブルの上に置いてある。指紋でも採れば解決するかと思ったけど、あの雑然とした箱に突っ込まれていたなら歴代の部員の手垢《てあか》だらけだろう。いやまぁ、そもそも指紋採取の道具なんてないけど。

あのナイフの存在は部員全員が知っていて、誰にでも利用できる——凶器の線から容疑者を絞るのは難しそうだ。

……いや、逆に言えば、ナイフの存在を知っていた部員の仕業という可能性が濃厚になったのか。うわぁ、憂鬱だ……

「そういやこの絵、ここが定位置なの？」

俺が胃を痛くしている間にも、雨恵は竹林先輩相手にタメ口で質問を続けている。さらに胃痛の増す光景だったが、幸いにも竹林先輩は平然としていた。

「できるだけ自然光で描きたかったからな」

「でも、こんな窓際だと日焼けしちゃわない？」

「……この窓に強い光が差すのは午前の短い時間だけだ。それに、使わない時はカーテンを閉めている」

……いや、今、ちょっと答えが遅れた気がする。本当は失礼な後輩にカチンときているのかもしれない。

　幸いにも、雨恵《あまえ》の質問はそれで終わりのようだった。順番とばかり雪《ゆき》さんが口を開く。

「昨日は古根《ふるね》先輩が鍵を閉めたんですか？」

「ええ……と言っても、金尾《かなお》くんを含めてほぼ同時に出たから、わたしが一人になった時間は十何秒もないよ」

　犯人扱いされたと思ったのだろう、古根部長はちょっとあわてて答えた。

「俺も戸締まりとかチェックしたけど、昨日の時点じゃなにも異状はなかったと思うぞ」

「美法《みのり》は帰り道も電車に乗るまでわたしといっしょだった。その後で戻ったとしても学校が閉まっていたろうな」

　物部《ものべ》先輩と竹林《たけばやし》先輩の言葉からしても、昨日の内にナイフが刺された可能性は低そうだ。

しかし、それでも……

「それでも一日中鍵を持っていた部長さんなら、チャンスは日中にいくらでも――」

「雪さん、そんな急がないでも」

　考えるままに発言するクラス委員を、俺はあわてて制止した。これでは状況的に一番不利な部長さんを容赦なく責め続けることになる。手順としては正しいのかもしれないが、美術部の人たちも俺たちもただの学生だ。

　追い詰めすぎると、無為に傷付けることになる。

「あっ……いえ、決めつけてるわけでは……」

　雪さんもハッとして言葉を切った。部長さんに怒った様子はないが、やはり少しばかり困惑して、気まずい沈黙が落ちる。

……？　ふと視線を感じて見れば、雨恵がじぃぃっと不機嫌な半眼で俺を睨《にら》んでいた。雪さんじゃなくて俺？　なんで？　目顔で問い返すと、ぷいとそっぽを向かれてしまう。

　なんなんだよもう……今日の双子はいつにも増してめんどくさいな。

　俺たち三人それぞれの動揺をよそに、竹林先輩がこの沈黙を破った。

「美法はわたしと同じ教室《クラス》で、コンクールの打ち合わせなどで休み時間もあらかたいっしょにいた。もちろんトイレなどで席を外すことはあったが、三階のここまで上がってきて絵にナイフを刺し、また戻ってくる時間はなかったように思う」

　三年生の教室は一階だ。別棟三階のここと行き来するのは地味に時間がかかる。

「じゃあ、犯人は職員室にあるスペアの鍵を盗んだんでしょうか？」

　ピッキングの技能でもない限りはそういうことになる。俺の問いに、部長さんではなく竹林先輩がうなずいた。

「それなら部外の人間の仕業ということも考えられる。わたしは見ての通り愛想がなく無神経だ。よく思ってない輩《やから》も多いだろう」

　こういうことを自分で言ってしまうあたり、他人を敵に回すことに躊躇《ちゅうちょ》がないタイプなのだろう。でも、本当に無神経な人は自分を無神経だとは言わないとも思う。

「たしかに七子《ななこ》は誤解されやすいタイプだけど……」

部長さんは少し考えた後、首を横に振った。

「ううん。顧問の丹野《たんの》先生、わりとしっかりした人だから、鍵の管理も怠《おこた》りないと思う」

丹野先生なら俺たちも知っている。一年生の美術も見てくれている、穏やかな男性教師だ。

「職員室には一日中誰か居るし、かすめ取って、また返すなんて難しいんじゃないかな」

「そうなると……」

部長さんを受けて、雪《ゆき》さんが状況を総括した。

「この部屋は密室だったということになりますね」


——その後。

俺たちは考える時間をもらうため、自分たちの教室へ戻った。三原《みはら》さんもいっしょだ。考える時間、と言うか、部員たちの前ではしづらい話をする時間が欲しかった。

「密室っつーかさ」

自分の席に戻ってくるなり、雨恵《あまえ》は机の上に腰を下ろし、いきなり極論をぶっ込んだ。

「犯人が、あのおっかない先輩だったらなんにも問題ないよね」

おっかない先輩——つまり、絵を描いた本人である竹林《たけばやし》先輩のことか。

たしかに、竹林先輩は一人で異変に気づき、物部《ものべ》先輩に部長さんを呼びに行かせた。それから三原さんが着くまでの間に、自分の絵にナイフを突き立てることは可能だったろう。単純だが、矛盾なく説明できる考えではある。

「誰かさんは『密室』って言葉に舞い上がっちゃってるみたいだけどねー。ミステリー趣味は本の中だけにしてほしいよ」

しかしこの発言は蛇足だ。あからさまな当てこすりに、雪さんが頬をひくつかせる。

それでも彼女は言い返さなかった。無視した体《てい》で、三原さんに話しかける。

「最も簡単に……つまり短絡的に考えれば、竹林先輩以外に犯人はなさそうに思えます。

——が！　先輩に、あんなことをする動機はあるんですか？」

三原さんは雨恵と雪さんを見比べて、それから俺に物問いたげな顔を向けてくる。俺は両手を合わせて拝むポーズを取った。

「ごめん三原さん。今ちょっと取り込み中で……とりあえず答えてあげて」

「そうか」

三原さんはあっさり呑《の》み込んだ。小柄で一抱えにできそうな体格なのに、心構えはどっしりしている。

「結論から言うと、竹林《たけばやし》先輩にあの絵を傷付ける理由はない。ありえないと言ってしまっても いいかもしれない。

あの絵がコンクール用に出す予定の重要な物ということもあって、数日来の竹林先輩は鬼気迫るまでに筆が乗っていた。竹林先輩を二年間見てきた部長も丹野《たんの》先生も、会心の一作になるだろうと太鼓判を押したほどだ。

我が子同然の力作を竹林先輩が自ら損壊するなど、とても考えられないな」

「でしょうね。わたしの目から見ても、あの絵には損なわれてなお胸を打つものがありました。それを作者自身が台無しにしたなんて発想自体、全てがちゃらんぽらんな人間だから出てくるんです」

勝ち誇って聞こえよがしに宣言する雪《ゆき》さんに対して、やはり反論はなかった。

ただ、いつの間にか脱いでいた雨恵《あまえ》の靴下が、雪さんの頭にぱさっと投げかけられた。

雪さんは握り締めた拳を震わせるだけで耐えた。

……もういっそ、殴り合いのケンカをしてガス抜きした方がいいんじゃないかとも思うが、姉妹のしょうもない争いに三原《みはら》さんを巻き込むのも忍びない。

俺は、雪さんが頭から振り落とした靴下をつまみ上げて雨恵に押し付けながら、三原さんへ話しかけた。

「こうなると、まず動機がある人を見つけて、その後で犯人がどうやってナイフを刺したのかを考えた方が早い気がする。

えっと……部員の人となりとか、人間関係みたいなこと、教えてもらえるかな？」

前提として三原さんは信用しよう。俺たちを呼びにきた彼女を疑っては全てが成り立たなくなる。

「なるほど、探偵らしい物言いになってきたな」

「え？　そ、そうかな……」

「ボクは上手《うま》くしゃべれるか解《わか》らないが、努力しよう。

では、まずは部長から――」

――部長の古根《ふるね》先輩は一年生の時から美術部員で、絵画全般をやるが植物の細密画を特に得手《えて》としているようだ。最近も机に置けるタイプのルーペを持ち込んで、自分で山へ行って採ってきたという植物を描いている。

ただの精密な模写と違って……ボタニカルアートというのか？　ボクはあまり詳しくないが、手法や画面の配置なんかで芸術性を出すんだそうだ。部長はそれを中学の頃から学んでいて、当時からコンクールで何度も入賞していたらしい。

顧問の丹野先生も絵画が専門だから、古根先輩の入部を喜んで熱心に指導していたと聞いている。それくらいの実力者で性格も温厚、先生の信頼も厚い、尊敬すべき部長だ。

他になにか、か？……そうだな。顧問の丹野《たんの》先生は一般の展覧会にも出品していて、部長はずいぶんと憧れているらしい。この高校に来たのもそれが理由だと話してくれたことがある。

とりあえずはそのくらいか。

——今回の被害者、竹林《たけばやし》先輩は部長と同じクラスの三年生だ。部長以上に絵ならなんでも描く。モチーフも技法も作品ごとに驚くほどバラバラだ。だが、センスと技量が卓絶していることは見てもらった通りだ。しかも、本格的に絵を描くようになったのは高校からだというから驚かされる。

なんでも一年生の時、美術の授業で肖像画のデッサンをしたのがきっかけだったらしい。部長とペアになってお互いを描いて、その出来映えに驚いた部長が美術部にスカウトしたという話だ。

それ以来、二人は親友と言っていい関係を築いている。ともすれば偏屈で孤高の一匹狼《おおかみ》然とした竹林先輩も、美術部へ招き入れて絵の手ほどきをしてくれた部長には頭が上がらないフシがある。

部長に開花させられた才能の冴《さ》えはとどまるところを知らず、近隣のコンクールでは上位を総ナメしている。あまり大げさな表現は好まないが、天才と言っていいだろう。

丹野先生も竹林先輩の才能を埋もれさせるのを惜しんで、その道へ進むことを真剣に勧めている。もっとも、先輩本人はあくまで趣味として、気ままに描いていきたいようだ。

――次は、二年の物部《ものべ》先輩か。あの人は静物画とか抽象的なモチーフの絵を描《か》いている。自分で凡才、趣味で描いていると言っているが、なかなか味のある絵を描くと思う。うん……それ以上の、プライベートのことはよく知らないな。やはり男子で上級生となるとなかなか気安くできないし、元からそう口数の多い人でもないみたいだ。同じ男子の金尾《かなお》とは仲がいいようだが。

そういえば金尾が「物部先輩は部長が好きなのかもしれない」というようなことを言っていたが……どうなんだろう。たしかによく話しかけているが、それが特別な好意なのか、ボクにはよく解《わか》らない。

――で、その金尾だが、ボクと同じ一年生、ひょろっと痩せた男子だ。部室に吊《つ》ってあった絵を見たと思うが、あんな感じの、淡い水彩を描く。最初は部長に植物を借りて描いていたが、ここしばらくは動きのあるモチーフで描いているようだな。

内気でなにを考えているかよく解らないところがあるが、悪い奴《やつ》という印象はない。絵に向かう姿勢は真剣だと思うし、コンクールに向けて励んでもいるようだ。丹野先生も、自分が昔そういう感じだったとかで理解を示している。あの金魚の絵も、先生が職員室で飼っているのを貸してもらって描いてるんだ。

「最後にボク、三原操《みはらみさお》は祖父の影響で彫刻を――」

「ああ、三原さんはいいよ」

とりあえずは容疑者の話を聞ければいい。自分のことを話そうとする三原さんを遮ると、彼女は表情を変えないまま、心なし声を落とした。

「そうか……」

「ま、また今度聞かせて」

「そうか」

表情も言葉も変わらないが、少し明るい返事だった。こっちの胸も明るくなった。

そんなやり取りをしている間に、雪《ゆき》さんがすっかり短くなったチョークを置き、手を叩《はた》く。今日は頼まなかったのに、黒板に各人の情報をまとめてくれていたのだ。今回黒板に並んだのは、美術部員の名前や特徴、関係性だった。

「こんな風に話し合っていたのか。なにやら本格的だな」

感心することしきりの三原さんだが、俺はなんだか気恥ずかしかった。このごっこ遊びめいた光景を第三者に見られることで、にわかに羞恥心が湧いてきたらしい。

雪さんも同じなのだろう、微《かす》かに頬を赤くしてうつむいた。

「そんな風に言われると……なんだか恥ずかしいです。学芸会みたいで」

「なにを恥ずかしがるんだ？　浮気調査をするのは探偵の仕事だし、奇態な殺人事件の犯人を当てるのは名探偵の仕業だ。お前たちは着実にキャリアを積んでいる。

今回も、胸を張って捜査するといい」

三原さんの賛辞はどこまでも素直で、まったくもって皮肉がなかった。……だからこそ俺たちは恐縮してしまうわけだが――雨恵《あまえ》でさえくすぐったくて仕方ないという顔をしている――、しかし、このむやみな純真さには全力で応えたくなる。

……それにしても、三原さんのこの信頼はどこから来ているのだろう？

そう思って見やる彼女も、さすがに次の言葉を言う時には表情を曇らせた。

「戸村《とむら》は、部員の中に犯人がいると思っているのか？」

「……使われたのが、あの箱に入ってたナイフだからね。部外の人は存在を知らないだろうし、知らなければあの雑然とした箱から凶器を探そうとは思わないんじゃないかな」

目立つ場所にカッターやパレットナイフもあったのに、あえてあれを使ったのだ。傷口が黒ずむほど汚れていたナイフを。

「なるほど……そう言われると否定できないな」

「……ごめん」

三原《みはら》さんは、ややうつむけていた顔を上げてまばたきした。

「なぜ謝る？」

「いや……せっかく頼ってもらったのに、このままだと部の空気を悪くする結論になるかもしれないから」

「戸村《とむら》くん……でも」

雪《ゆき》さんがなにか言いかけてやめたのは、探偵のせいで俺の姉さんが家を出たという話を思い出したからだろう。適当な言葉は見つからなかったようだが、気遣ってくれているのは伝わってくる。

しかし、当の美術部員である三原さんは思いのほかあっさりと首を振った。

「心配には感謝するが、そこは気にしないでいい。一度作り始めた作品は、完成させるかすっぱり破り捨てないと先へ進めないものだ。

何事も万事、そんなものだろう。美術部ならみんな解《わか》っているはずだ」

「そ、そうです。それもやっぱり、人のためになることです」

雪さんもここぞと同調する。雨恵《あまえ》はそんな妹をいぶかしげに見ていたが、それよりも事件についての話を進めた。

「でもさ、話を聞いてもみんな仲よさそうじゃん。竹林《たけばやし》先輩の絵を刺して、誰か得する人いるの？」

「いないだろう。安定して賞を獲《と》っている先輩の絵は美術部の誇りだ。そのお陰で部員数のわりに部費も潤沢だと聞いている」

「んー……？　でもそれ、竹林先輩がスゴいだけで、他の部員には関係ないよね。野球とかと違ってチームプレイじゃないんだし」

雨恵は言いにくいことを当たり前のように言う。それを受ける三原さんも三原さんだった。悪びれもせず認めたのだ。

「うん、そうだな。その通りだ。部長も気にしているようで、負んぶ抱っこにならないように努力しているし、物部《もののべ》先輩や金尾《かなお》にも期待して面倒を見ている」

ボクだけ彫刻をやってるから扱いに気を遣わせてちょっと申し訳ない、と付け加えた三原さんは肩を縮めていて、少し寂しそうにも見える。部長さんが構い付けたがるわけだ。

「……それかもしれません」

しばらく考えていた雪さんが、控えめに意見を出した。どこかいたたまれない感じだ。

「一年生の時は先生からも期待されていた部長さんが、その存在感の全てを竹林先輩に奪われてしまった。そこに嫉妬が生まれた……とか」

そういえば部長さんは顧問の先生に憧れてこの学校に来たのに、その先生は最近では竹林先輩の進路指導に熱心だというような話があった。動機と言えば動機とも言える。

俺は意見を保留して、三原さんに目をやった。

「部長がそんな陰湿なことを考えるとは思えないが……しかし、それはボクの主観だ。出会って一月《ひとつき》ほどだし、そういうこともあるかもしれない」

「でもさー、部長さんには無理だって竹林《たけばやし》先輩が言ってたじゃん」

頭の後ろで指を組み、雨恵《あまえ》が妹の説を否定する……と言っても、雪《ゆき》さんではなく三原《みはら》さんを見ながらだ。この期に及んでも直接話す気はないらしい。意地っ張りにもほどがある。

反論するかのような雪さんの言葉も、あえて三原さんに向けられた。

「部長さんと竹林先輩が一日中行動をともにしていたという話ですが、ちょっと不自然じゃありませんか？　まるで意図的にアリバイを作ったかのような……」

「それはどうかな。二人は自他ともに認める親友だし、部長は孤立しがちな竹林先輩をフォローして、普段からおおむね二人組で行動している。美術部員の目からすると、そう不自然には映らないな」

三原さんの言葉を信じるなら、やはり部長さんに犯行は無理だ。もしやったのなら、なんらかのトリックがあったはずだが……推理小説ならぬ現実世界で、そんな奇態なトリックが行われるものなのだろうか？

部長さんに思いを寄せているかもしれないという物部《ものべ》先輩なら、部長さんより目立つ竹林先輩を不愉快に思っているかもしれないし時間もあるが、こちらは鍵を持っていない。

結局、単純に考えれば竹林先輩の絵にナイフを刺せたのは竹林先輩だけということになってしまう。それか、職員室の鍵を持ち出した何者かが、たまたま部室で見つけたナイフで悪質なイタズラをしたかか……もし後者なら俺たちには調べようがないが。

話が行き詰まって、しばしの沈黙が落ちた。

……どうも良くないな。いつもなら雨恵がそろそろ勘所《かんどころ》に気付くのだが、今日の彼女はどうにも集中できていない。いや、いつも以上に熱心にも見えるのだが……なんだろう、空回りしてる感じだ。

今も、赤く染まりつつある窓外をただぼんやりと眺めている。

「……すみません。ちょっと、お手洗いに行ってきます」

不意に雪さんが立ち上がって言った。ちょっと顔が赤かった気がするから、ひょっとしたら我慢していたのかもしれない。

「ボクも行っておこう」

三原さんも便乗して、二人は連れ立って廊下へ出て行った。

彼女らの気配が小走りに去って行く。それを見計らって、俺は机上の雨恵の前へ立った。

「そろそろ仲直りしろよ……やりづらくてかなわない」

正面から顔をのぞき込みながら言うと、不機嫌に睨《ね》め上げられた。

「雪さん、って、なによ？」

うっ…………

なぜか心臓を刺されたような衝撃を感じつつ、努めて平然と答える。

「や、『山田《やまだ》さん』だとやっぱりまぎらわしいから、そう呼ぶことになったんだよ……ほ、ほら、委員長のキャラだと呼び捨てにするのはハードル高いし、だったらニックネームぽく呼んだ方が、むしろ、ほら、距離感あるって言うか、ほら――」

「言い訳が長い。キモい。キモいんだけど」

キモいって言われた………

わりと本気で落ち込む俺に一切斟酌《しんしゃく》せず、雨恵《あまえ》は苦言を垂れ流してくる。

「まったく……いくら雪《ゆき》がエロエロだからって、調子に乗って勝手に距離詰めるのやめてくれるかな？　誰の許可取ったわけ？」

「許可が要るのか……？」

「要るよ。あたしの妹だよ。短縮すると『あたしの』になるでしょ。所有してるじゃん」

「してないだろ……て言うか、そんなに大事ならなおさら仲直りしろって」

「………無理」

「なんで？　ちゃんと謝れば――」

「無理だって！　雪はあたしのこと、邪魔だろうから」

俺の言葉を大声で遮って、雨恵はふっとうつむいた。長い髪が重力へ従順に垂れ落ちて、表情が見えなくなる。

　俺は俺で言葉を失っていた。姉妹にありがちな、ちょっとした言い合いだと思っていたが……あんなに飄々《ひょうひょう》としていた雨恵を思い詰めさせるほどに、雪さんとのケンカは深刻なものだったのか。

　喉に詰まる言葉を必死に引き剝《は》がし、吐き出す。

「邪魔って、そこまでは思ってないだろ」

　恒常的にうざったいくらいは思っているかもしれないけど。いや、本気度は低めで。

　雨恵が首を振ると、長髪が振り子のように揺れた。

「だって……雪は真面目で、勉強もできて、『なんでそんなの知ってるの？　逆にバカなの？』ってくらい物知りで……いつも周りの人に褒められて認められて、あたしとは正反対だし」

　そう思うなら生活態度を改めろと思ったが、そういう問題ではないのだろうとも思う。

「だから、雪が苦手な人付き合いとかフォローしてあげようとか思ってたけど、昼休みにはからかいすぎて迷惑かけちゃったし。美術部の事件を早々《はやばや》と解決して頼れるところを見せようと思ったら、なーんか上手《うま》くいかないし……

　しかもなに？　あたしの知らないところで戸村和《とむらなぎ》と仲良くなってるしさ」

　……フルネームで呼びだした上に、ぎろりと凄《すご》い目でにらんでくる。

「あたしを慰めずに教室を出て行った上に、『雪さん』だとか新婚さんみたいな呼び方しやがる戸村和《とむらなぎ》とさ！」

「新コッ……そんなことは一切考えてないっ。ホントにめんどくさいな！」

「女の子に臭いとか言うな！　めんどかぐわしいと言えーっ！」

思わず怒鳴り合ってから、顔が近くなっていることに気付いて互いに身を引く。

そうして息を整えながら、俺は頭を抱えた。

こいつ、他人に興味がないかと思えば……どうしようもないシスコンじゃないか！

間違いない。きっぱりと確信を持って言える。だって、俺も天和《あんな》姉さんに彼氏が出来た時あんな感じでキレたからな……同病相識《あいし》るといったところか。

それにしても……この姉妹は、お互いを自分より優れていて、自分を疎んじていると思い込んでるんだな。それで、あんな風に仲がいいのか悪いのか判《わか》らない妙な距離感になっているのか。

今回、雨恵《あまえ》がいつになく意地になっているのは、自分と雪《ゆき》さんを隔てる学力だとか勉強だとかが対立の発端になったからか。

うらやましくて妬ましいけれど、見捨てられ置いていかれるのも嫌で。

天才肌でエキセントリックな雨恵と、優等生で不器用な雪音《ゆきね》。両者の不安がこじれて、今回のケンカはこうも意固地になっているようだ。さて、どうしたもんか……

…………ん？

なんだ。この関係……お互いを補い合って、だからすれ違いもする関係。細部はまるで違うけど、全体としては今回の話に似ている。

それが、この双子みたいな引け目や不安をもたらすのだとしたら……カンバスの傷があんな風になっていたのは…………

——俺の頭の中で、急速に構図がはまり始める。だが、まだまだぼんやりとして像を結ばない——

思考に支配されて意味を成さない視界の中で、雨恵が黙り込んだ俺をむっつりと見上げていた。

「あのさー……なんか他人事《ひとごと》っぽい顔で呆《あき》れてるけど、これ——」

「雨恵っ！」

「うぉっ!?　びっくりしたぁ」

「それに雪さんっ！」

「うぇ？　な、なんですか？」

廊下から入ってくるなり呼ばわられて、雪さんは目をぱちくりさせた。

机にあぐらをかいて呆気《あっけ》にとられている雨恵と、引き戸の敷居をまたいだところでぽかんとしている雪さん。

姉妹を順番に見つめて、俺はいつものように、二人を頼った。

「なんか……解けそうな気がしてきた。いっしょに考えてくれないか？」

「う、うん……」

「ぁ、はい……」

毒気を抜かれた顔で返事する二人を見て、雪《ゆき》さんの後ろに控えた三原《みはら》さんが満足そうにうなずいていた。

◇

——俺たちが美術準備室に戻ったのは、それから十数分後のことだった。

竹林《たけばやし》先輩が言っていた通り今の時間は日が差し込まず、雑然とした部屋の中は蛍光灯のシャープな光でくっきり彫り出されている。美術館や展示場ならともかく、歴代部員の意気で油染みたような部室に真っ白い照明は、どうにもアンバランスな感じがした。

そして、その部屋の奥にはいまだナイフの刺さった絵があって、作者である竹林先輩が相変わらず険のある目付きで見つめていた。

部長の古根《ふるね》先輩と、心なし居心地の悪そうな物部《ものべ》先輩も残っている。三原さんはそちらの側に加わるように椅子へ座った。帰宅した金尾《かなお》くん以外の部員がそろったわけだ。

　俺と双子は──別にそういうつもりはなかったが──出口を塞ぐように引き戸の前に並んで美術部の面々と対峙《たいじ》した。

　それがスイッチになったように、竹林先輩が前髪の隙間から鋭い眼光を投げかけてくる。

「犯人が判《わか》ったのか？」

　その視線を真正面に受けたのは、やっぱり俺だった。双子はちゃっかり俺の左右、斜め後ろに陣取って弾よけにしている。……こいつら、他のなにもかもが違っても、俺の扱い方は似てる気がする……

　正面から相対《あいたい》した竹林先輩の眼光にくじけそうになるが、今さら逃げ出すわけにもいかない。

「──っ──」

　来る前に水を飲んでおけばよかった。緊張に渇いた喉が声をかすれさせて、俺の第一声はただの擦過音になってしまった。

　聞き取れなかった先輩たちがきょとんとする。俺はパニックになりかかったが、その時、トンッ……と軽く、左の踵《かかと》を蹴られた。

　振り向くまでもなく雨恵《あまえ》だ。振り向かなかったのでどんな顔をしているのかはしれないが、たぶん、知らんぷりをして澄ましているのだろう。

　頭に上りかけた血がすっと引いた。呼吸を整える。

それからつばを飲み込んで、喉を鳴らして、俺は竹林《たけばやし》先輩に告げた。

結論から、告げた。

「その絵にナイフを刺したのはあなたですね、先輩」

「えっ……それは、でも、ありえないと――」

即座になにか言い返そうとした古根《ふるね》部長を、竹林先輩が手を上げて遮った。

「美法《みのり》、待て」

「七子《ななこ》……？」

「なぜそう思う？　探偵」

竹林先輩にはまるで動揺が見られない。困惑しているのはもっぱら、部長さんや物部《ものべ》先輩だ。

……あれ？　もしかして違うのか？　ちょっと自信なくなってきた……

「わたしがこの絵に力を尽くしていたことは三原《みはら》から聞いただろう。コンクールまで時間もない。仮に絵が気に入らなくなったとしても衝動的に刺したりはしないし、そんな前例がないことは美法たちに訊《き》けばすぐ判《わか》る」

自分が犯人でない理由を言葉の皿に盛ってずいっと差し出し、先輩は俺の反論を待っている。

落ち着け……ここまでは解《わか》っていたことだ。

「──一番重要な理由は単純です。他に刺せる人間がいません」

「昨日の時点で絵に異変はなく、今日は鍵を部長さんが一日中持っていて、かつここに来る時間がなかった。なら、犯行可能な時間に一人になれるのは、一番乗りしてすぐに物部先輩を追い払った竹林先輩だけです」

雪《ゆき》さんが一歩進み出て状況を整理してくれる。さっきは自分で否定した説だが、状況的に一番自然なのはそれだとも思っていたのだろう。雨恵《あまえ》の唱えた説だからムキになって反発したのかもしれない。

「なるほど。職員室のスペアキーを度外視するなら、犯人はわたし以外にいないか。常識的な判断だ」

思いのほかあっけなく認めて、しかし、竹林先輩はその鉄面皮を崩さない。

「繰り返すが、わたしには動機がない。それどころか、この絵は気まぐれで失うわけにはいかない物だった。大きな損失だ」

「そうだよ。七子はずっとあの絵に没頭して、毎日帰る時間も忘れて描いていたのに」

部長さんも言葉を添えてきた。竹林先輩の視線が彼女と俺の間で揺れる。

俺は、唇を舐《な》めてからうなずいた。

「はい……たぶん先輩は、今日、ここに来るまで自分の絵を刺そうなんて思ってなかったんだと思います」

竹林《たけばやし》先輩はなにも言わなかった。ただ、まばたきを止めて続きを待った。

……話の本丸は、ここからだ。

「今日部室に来て、早速向かった先輩の絵は――焦げていたんではないでしょうか」

「焦げてた？」

出し抜けな指摘に、物部《ものべ》先輩がいぶかしげな声を出した。雨恵《あまえ》がうなずいて奥へ歩き、カンバスを皆の方へ向ける。

「ほら、ナイフでえぐられた周りを見ると、少しだけど黒ずんでる。ナイフが古い物っぽいから、最初はその汚れかと思ったけど、さすがに煤《すす》まみれって感じでもない。じゃあ、この汚れはなにかって考えたら……逆だってなったんだ」

「言われてみればちょっと黒くなってるけど……でも、『逆』ってどういうこと？」

絵の傷口を見て確認した後、顔を上げて訊《き》いてくる古根《ふるね》先輩。俺はちょっとその顔を観察して――古根先輩には全く見当が付かないようだった――……ひとまず判断を保留して、話を続ける。

「ナイフから焦げたような汚れが付いたんじゃなく、焦げ跡をナイフでえぐり取ったんじゃないかってことです」

「待って。それじゃ、七子《なこ》は汚れを落とすためにナイフで絵を刺したって言うの？　さすがにそこまで蛮族じゃないよ」

それなりには蛮族なんだろうか……と部長さんの表現が気になったが、今は引っかかっている場合ではない。

物部先輩が気付いて「いや……」と声を上げた。そう、問題はそれ以前にある。

「と言うか、なんで絵が焦げてたんだ？　結局、絵を焦がすのも刺すのと同じ条件になるんじゃないのか？　それを説明できなきゃナイフでえぐり取る段まで話が行かないぞ。まさか、竹林先輩が絵を炙《あぶ》ってから刺したなんて言わないよな？」

「はい。でも、この部屋には、無人でも絵を焦がす可能性のある道具があります」

部長さんの顔色が変わった。会ってから一番くらいにあわてている。

「え……？　もしかして、わたしのルーペのこと？」

彼女の視線を追えば、いくつかある作業机の一つに、机に置いて使うタイプのルーペが載っていた。三原《みはら》さんから聞いた、植物の細密画を描くために部長さんが持ち込んだ物だろう。台座とレンズを接続するアームが自在に動き、自由に角度を付けられる。

それを利用すれば、ひとりでに収斂《しゅうれん》発火を起こすことも不可能ではないだろう。虫眼鏡で日差しを集めると、条件が合えば火を起こせるという話でした。何度か実験すれば、

「この部屋には午前中の短い時間だけ日差しが入るという話でした。何度か実験すれば、火事を起こさない程度に物を焦がす加減もつかめるでしょう。弱い分には失敗してもいい

わけですから」

雪《ゆき》さんの説明に、部長さんはなにも言わなかった。絶句しているらしい。

「そんな試験ができるのは、最近鍵を管理していた古根《ふるね》先輩だけで、前日にカーテンを閉めずに部室から出られる可能性があったのも、最後に出た部長さんだけです」

「ちょ、ちょっと待って！」

俺も言葉を重ねると、ようやく状況に理性が追いついたのか、部長さん手をばたばたしながら訴えてくる。

「わたしがそんな危ないことするわけないでしょ！　一歩間違えたら火事騒ぎなんだよ？　そんな……そんなこと、するわけ………七子《なこ》からもなんとか言って。このままだと、わたしたち犯人に――」

勢いよく親友に言いかけた部長さんの言葉が、急に途切れる。竹林《たけばやし》先輩の目の色が、少なくとも俺たちには初めて見せるものになっていたからだろう。

「七子……？」

迷いと、苦渋だ。

「美法《みのり》……絵を灼《や》いたのは、お前じゃないのか？」

「なっ………」

部長さんは再び言葉を失《な》くした。呆然《ぼうぜん》と言う単語の標本になりそうな顔だった。

物部《ものべ》先輩も部長さんと同じような状態で、俺たちと三原《みはら》さんはひとまず竹林先輩の言葉を待った。

「とりあえず、わたしの絵を刺した犯人については正解だ」

沈黙の部室を、竹林先輩の低い声が切り裂いた。

「つまりわたしが絵を刺したし、刺した理由も焦げ跡を消すためだ。手段としてナイフを使ったのは、物部を追い払ってから三原が来るまでの時間が判《わか》らなかったから、思い付く限り一番簡単な方法を採っただけで深い意味はない。カッターじゃ焦げ跡をえぐり取るのに時間がかかりそうだったしな。

それにしても……知ってはいたが、三原の審美眼は本物だったな。学校で探偵を見つけてくるとは思わなかったぞ」

「ありがとうございます」

三原さんは神妙に頭を下げた。この流れではいかにも場違いなやり取りだったが、竹林先輩と三原さんなら違和感もない。芸術家という人種なのだろう、二人とも。

「――ま……待って！　お願いだから待ってちょうだい！」

そこまで来て、やっと古根先輩が言葉を取り戻した。うーっ……と、こめかみに人差し指を当て、考え考え話し出す。

「七子が犯人だった、というのは……理解した。いや、なんだかよく解《わか》らないけど……あの、よく解《わか》らないっていうのは……なんでそんなことしたの？」

「絵を焦がしたのが部長さんだと直感したから――」

俺は部長さんに言いかけて、途中で竹林《たけばやし》先輩に視線を転じた。

「……で、いいですか？」

すぐには回答がなかった。思わず不安になる……ここから先は、想像の度合いが大きい。

「………あぁ、その通りだ」

しかし、竹林先輩はためらいながらも認めてくれた。

そしてその言葉に、古根《ふるね》先輩はふらりとよろめいた。

「……どうして、そう思ったの？」

今度は。

いくら待っても、竹林先輩は答えなかった。答えが俺たちの予想通りなら、本人を前にしては言いづらいだろう。

だから俺が――と口を開きかけたタイミングで、

「嫌われた、と思ったからじゃないかなー」

しばらく黙っていた雨恵《あまえ》が、いつものような軽い声で、でも、彼女を知る者からすればわずかに湿った声で言った。

「嫌う……？　わたしが七子《ななこ》を？　なんで？」

「竹林先輩はマイペースで無愛想で空気を読まなくて、つまり周りのことを気にしないし、足並みを合わせないから敵を作りやすくて孤立しがち。だよね？」

……どれも元は本人の言ってたこととはいえ、よく面と向かって言えるな雨恵。

しかし、雨恵の言いように間違いはなかった。つまり、周囲の反応を気にしない竹林先輩は平気でうなずいた。

「そうだな」

「対して、部長さんは社交的で優しくて、みんなに好かれるリーダー。コントラストだよね――釣り合ってない感じ。一人の時は気にならなかったのに、部長さんといっしょにいるようになって、竹林先輩は自分をマイナスだと思うようになったんだ。

愛される部長さんの愛されない友達。足手まといって感じるように」

「……それに加えて」

それに続いたのは雪《ゆき》さんだ。

「竹林先輩は優秀でした。おそらくは自分で望む以上に。

きっと、絵を描くのは本当に好きで、それを教えてくれた部長さんには心から感謝しているんだと思います。そうでなければ帰る時間も忘れて打ち込んだりはできません。

でも一方で、自分ばかりが評価されて、元々注目されていた部長さんが陰に隠れてしまった現状が苦しくもあったんじゃないでしょうか」

強者は、存在するだけで相対的弱者を作ってしまう。ある分野で優秀であるだけで、望まざる加害者になってしまうこともありうるのだ。双子がお互い、相手の長所《つよさ》を自分の短所《よわさ》だと思い込んでしまったように。

そして加害者ならば、罪の意識を持ったり被害者からの復讐《ふくしゅう》を恐れることもある。

古根《ふるね》先輩は、そうだったの？　と言いたげな視線を友人に送り、竹林《たけばやし》先輩はただ目を伏せた。

「だから竹林先輩は、自分の絵が損壊させられていた時、真っ先に部長さんを疑ってしまったんだと思います。この時期に描き直しになればコンクールに間に合わなくなるというタイミングも、竹林先輩を追い落とそうという意図につながって見えたのかもしれません。そして悪いことに、部長さんはアリバイを作りつつ絵を焦がせる道具を自ら持ち込んでもいました」

「七子《ななこ》がそんなこと……どうしよう、全然気付かなかった……」

古根先輩は手を震わせながら、部室中に視線をさまよわせた。先輩の中で、自分の信じていた世界が大きく揺らいだのだろう。

そんな部長さんを気の毒に思いながら、俺はナイフ事件の方の総括をした。

「……焦げ跡の犯人が古根先輩だと判断した竹林先輩は、誰かが自分と同じように犯人に気付く可能性を考え、焦げ跡をナイフの傷で上書きしました。

そして、俺たちが犯人捜しを始めた時には部外の、特定するのが難しい相手を犯人だと押して、犯人不明のあやふやなまま事件を終わらせようとした……そんなところだと思います」

「じゃあ、七子はわたしをかばおうとして、あんなことを……」

喜んでいいのか悲しんでいいのか。古根先輩はなんとも中途半端な、情けなさそうな顔になり、しばし自分の上履きに目を落とした。

それから、ハッと我に返って顔を上げ、

「あっ、でも……ホントに違《ちが》っ――……ううん、それ以前に、七子が来た時、窓際にルーペがあったの？」

自分の無実を示す証拠に思い当たり、にわかに早口になって訊《き》く。竹林先輩は暗い目をしたまま、首を横に振った。

「いや、なかった」

「だったらそもそも、わたしを疑う理由もないでしょ？」

顔を輝かせる部長さんだったが、竹林先輩はなおも陰鬱だった。

「共犯がいればルーペは回収できる。自分で部室へ行く時間はなくとも、休み時間に協力者へ鍵を渡し、午後にでもルーペを元の位置に戻させてから鍵を返しに来させることは可能だ」

「いやいや……部室を燃やしかねない行為の片棒を担いでくれるような相手なんていないよ、わたし」

「どうだろうな。たとえば、物部《ものべ》なら美法《みのり》が頼めばなんでもやるだろう」

竹林《たけばやし》先輩と、その言葉に乗った古根《ふるね》先輩の視線を向けられて、物部先輩は「あ、いや、俺はその……まぁ、やぶさかでないと言うか……」などとしどろもどろに言葉をお手玉した末、最後には場にそぐわない愛想笑いをした。

古根部長はいぶかしげに目を細めてから、竹林先輩に向き直った。

「なんで物部くんなの……？　それはまぁ、素直な子だけど」

「物部はやるだろう」

竹林先輩に繰り返されて、物部先輩は覚悟《はら》を決めたようだった。今度はしっかりきっぱりうなずいて、宣言する。

「は、はい……俺、部長のためならなんだってしてします！」

その熱を帯びた目からして、物部先輩が部長さんに特別な好意を抱いているという金尾《かなお》くんの読みは当たっていたようだ。

しかし、

「え？　なんで？　ダメだよ物部くん。自分をしっかり持ちなさい」

部長さんは、普通にお説教を返した。脈がない、と言うか、今まさにぱったり脈が止まった感じだった。

心の中のなにかが御臨終した物部先輩は机に突っ伏して動かなくなった。しばらくはそっとしておくべきだろう。

それはそれとして、ここに至って竹林先輩の表情が変わってきた。狐《きつね》につままれたように目を見開く。

「……本当に、美法じゃないのか？」

「だからそう言ってるでしょ？　わたしは……そりゃ、七子《ななこ》のセンスに嫉妬したり、自分の才能を疑って寝られなくなる日もあったけど……」

古根先輩の言葉を聞きながら、雪《ゆき》さんはそっと目を閉じた。姉と自分を比べて落ち込んできた自身にも覚えのあることだったのだろう。隣にいるだけで対照され、自分に足りないものを思い知らされる。

しかし、古根先輩の声は愁《うれ》いに沈まない。暖かく浮かび上がった。

「それ以上に、尊敬してるんだ。絵のセンスや技術だけじゃなく、余計なことを全部無視して、まっしぐらにカンバスに向かえる強さを。

だからわたしは、この部屋で七子といっしょに絵が描ければそれで満足だよ……もちろん、いつかは逆転してやろうとも思ってるけどね」

最後の一言は冗談めかしていたが、目の奥に燃える光を見れば、一人の絵描きとしての偽らざる本気なのかもしれなかった。

「そう、なのか、美法《みのり》……」

竹林《たけばやし》先輩はぽかんとして、自分の手を握ってくる古根《ふるね》先輩の手を震え気味に握り返した。そして、人心地が付くのとともに呟《つぶや》く。

「でも、それなら誰が絵を焦がした？　たとえカーテンの閉め忘れがあったとしても、あんな風に焼けるわけがない……」

「そう――」

竹林先輩の疑問に応えたのは、いつの間にか作業台の上で仁王立ちになっていた山田雨恵《やまだあまえ》だった。

「先輩入魂の絵をレンズで焦がし、美術部に混乱をもたらした悪魔的事件。

その犯人は――」

雨恵は大仰な仕草で部長さん、竹林先輩、物部《ものべ》先輩、三原《みはら》さんをそれぞれ一瞥《いちべつ》し、それから彼女らの真ん中くらいにびしっ！と指を突き付ける。

「こ、この中にいないっ！」

その力強い宣言に、部長さんと竹林先輩、そして心の死んでいた物部先輩までもが顔を上げ、頓狂な声を重ねた。

「「「はぁ？」」」

美術部の面々を煙《けむ》に巻いた雨恵の発言だったが、

「――まぁ、金尾《かなお》の仕業だったんですが」

あっさりネタばらしした三原さんの言葉もまた、別の困惑を招いたようだった。

しばらくは部員間で不理解の視線が交わされ、最初に声を取り戻したのは物部先輩だった。当然の疑問を訊《き》いてくる。

「……？　なんで金尾が竹林先輩の絵を焦がすんだよ？」

雨恵は台の上で肩をすくめた。

「動機なんてないよ。原因は……なんだろ？　不注意？」

「金尾くんは、昼休みに自分の作品を進めてたんです。その金魚の絵です」

俺が金魚の絵を指差すと、全員の注目がそこへ集まる。改めて見ても、単色の濃淡だけで水中を躍動する金魚を表現した、見事な出来映えだ。期待されているというのも解《わか》る。

「そういえば、前に見た時より鱗《うろこ》の描写が厚くなってるし鰭《ひれ》のバランスも調整されてる……今日は来るなりナイフ事件があってかかりきりだったから、気付かなかった」

昨日以前の絵を見ていない俺たちにはさっぱりだが、口元に手を当てた部長さんが言う通りに加筆されたのだろう。今日の昼休みに。

「でも……わたし、金尾《かなお》くんに鍵を貸したりしてないよ?」

「鍵は午前の内に丹野《たんの》先生から借りたそうです。休み時間に職員室を訪ねて。さっき、メールで金尾から聞き出しました」

三原《みはら》さんの言葉に、部長さんはさらに混乱した。

「え……?　なんで先生に直接?　わたしに言ってくれれば貸したのに」

「アニメを視《み》るために部活へ出ない日に、部長へ鍵を借りたいと言うのは気後れしたそうです」

「ああ……金尾くん、丹野先生に可愛《かわい》がられてるから。わたしより言いやすかったのかな?　それも困ったものだけど……うーん」

部長として思うところがあったのか悩ましい顔になる古根《ふるね》先輩だったが、今はこの騒動の真相を話してしまおう。

「金尾くんは、鍵といっしょに金魚も借りて、この部屋に置いておきました」

三原さんが言っていたが、金尾くんの描いている金魚は丹野先生が飼っているやつだ。

「部屋が散らかっていて金魚を置く場所がなかったので、ひとまず窓際の棚の上へ置いて、換気のために窓を開けたそうです。その後、窓は閉めたけどカーテンは閉め忘れて、そのことには昼休みに来た時に気付きました」

「先生の金魚を窓のそばに……そういうことか」

　ここまで話して、竹林《たけばやし》先輩は大方の予想が付いたようだった。しかし、古根先輩や物部《ものべ》先輩はまだピンときてない。

「その時にはもう絵に焦げ跡が付いていたはずですが、昼休み中に作業を進めようと急いでいた金尾くんは気付かず、いつも自分が使っていた机を片して絵に没頭したそうです。昼休みが終わると金尾くんは先生に鍵と金魚を返し、放課後は真っ直《まっす》ぐ家に帰りました」

「ん……？　いや、結局金尾は、なにをどうやって絵を焦がしたんだ？」

　頭の上に疑問符を浮かべる物部先輩。一方、古根先輩はハッとして手を打った。

「金魚鉢！　金魚鉢だよ、物部くんっ」

「っ？　あ、はぁ……そうッスね、先生の金魚、いつも金魚鉢で泳いでますけど……」

　勢いよく顔をのぞき込んでくる古根先輩に物部先輩は顔を真っ赤にしながらうなずいた。

　古根先輩は、そうじゃなくてっ、と焦《じ》れったそうに言葉を続ける。

「聞いたことない？　丸い金魚鉢が、レンズと同じように光を集めて発火して、火事の原因になることがあるって」

「ああ、そういえば聞いたことあるような………って、じゃあ――」

　そこで物部先輩は俺の方を向いて、悲鳴に似た声を出した。

「金尾《かなお》の起こした事故だったってことか!?」

「……だと思います。正直に言うと、俺は最初、部長さんが竹林《たけばやし》先輩とのすれ違いから絵を焦がしたんじゃないかと考えました。それなら、その行為自体をもみ消そうとした竹林先輩の動機が説明できるからです」

すみませんでした、と頭を下げると、古根《ふるね》先輩は反応に困ったようだった。

「でもその場合、ルーペの回収に難が出るし……と悩んでいたら、雪《ゆき》さん――あ、うちのクラス委員なんですけど――が、美術の課題とか回収して職員室に持って行った時、先生の机に金魚鉢があったのを思い出して。三原《みはら》さんに、それは金尾くんが借りて描いてるやつだと教えられていたので……」

「で、それもレンズ代わりになるんじゃないかって話になって、三原ちゃんから金尾くんへ確認してもらったら、日差しの入る時間帯にこの部屋、しかも窓際に金魚鉢が置かれてたことが判《わか》ったってわけ」

俺の言葉を雨恵《あまえ》が接《つ》いで、それから付け加えた。

「同時に、部長さんがルーペを置いてなかったという証言が取れて疑いが晴れた。まぁ、さすがに金魚鉢で絵が焼けるかの実験はしてないけども――」

雨恵は片目を閉じて、このタイミングにはふさわしいのかもしれない軽々薄々《けいけいはくはく》な声で告げる。

「これにて一件落着だね」

美術準備室の部屋中で、各々理由の違う溜息《ためいき》がこぼれて落ちた。

◇

——こうして、俺たちの出会った第三の厄介事《やっかいごと》は解決した。

今回もまた、事件らしい事件でなく、犯人らしい犯人もいない、脱力系の結末だ。まぁ、自分の通う学校で深刻な事件に起きられても困る。出火がありナイフの振るわれた一件が、丸く収まってよかったと見るべきだろう。

もちろん、事故だろうがなんだろうが美術部には被害があった。竹林先輩の絵は描き直さざるをえなくなったのだ。

それどころか火事を起こしかねなかった金尾くんに、部長さんはたっぷりお説教をしなきゃと息巻いていた。しかし、それをなだめたのは意外にも竹林先輩だった。

「金尾は一年生だ。休日に活動した経験がないから、この部屋を一日中薄暗い部屋だと思っていただろう。足らない情報があれば、用心もしようがない」

部屋に強い日差しが入る時間帯があることは、竹林先輩の話を聞くまで三原さんも知らなかった。金尾《かなお》くんがカーテンを閉め忘れたのには、美術準備室は日が差し込まない部屋だという思い込みのせいもあったのだろう。

それに、と、竹林《たけばやし》先輩は続けた。

「絵は、完成しないならしないでいい。美術部のみんなにはよくしてもらってるから、期待には応えたいと頑張っていたが……わたしも美法《みのり》と同じだ」

絵を描く邪魔にならないようにか、ヘアピンで前髪を跳ね上げた竹林先輩は、驚くほど人懐っこい笑顔を見せた。

「この部屋で美法と絵が描ければそれで満足だよ。あっさり美法に追い抜かれてやる気もないがな」

被害者である竹林先輩にそう言われ、古根《ふるね》先輩は頬をぽーっと桜色に染めてふんふんとうなずいていた。あの様子なら、金尾くんがこっぴどくしかられる心配はなさそうだ。

教室へ戻って支度して、帰る頃にはもうすっかり暗くなっていた。

琴ノ橋《ことのはし》さんから押し付けられた浮気調査に、津木《つぎ》くんに頼まれた殺人事件の犯人捜し。前の二件もだいぶ長く話し合った気でいたけど、今回は特に長引いた。話が複雑だったせいもあるし、双子がケンカ中で歯車が嚙《か》み合わなかったせいもあるだろう。

それに、直接人間を相手にした調査で気疲れが大きい。俺は校門を出て駅までの道すがら、大きく伸びをした。

夕闇に突き出される俺の両拳を目で追って、

「……疲れましたね」

隣を歩いていた雪《ゆき》さんがしみじみと声をこぼす。力無い声音は、通学路の石畳を縫って生え出るたんぽぽへ真《ま》っ直《す》ぐ落ちた。

「そうだな……」

まったく同感だ。宿題を巡って交わされた双子の口論に始まり、昼休みには赤ずきんの罠《わな》にはまって辱められた「山田《やまだ》さん」が「雪さん」に変わり、放課後は美術部室に閃《ひらめ》いた凶刃の謎を解く——こんなに長い一日は滅多にあるものじゃないだろう。

「まぁ、さ」

言いながら振り返ってきたのは、一人だけ疲れた様子もなく前を行っていた雨恵《あまえ》だ。教室で二人になった時と違って、機嫌は良さそうだった。

「良かったじゃん。今回は探偵、無駄にならなくて」

雨恵は、津木くんの件の後で俺がこぼした不満について覚えてくれていたようだ。あの時は、自分ではあれだけ充実を感じた犯人捜しが無意味だったことに落胆していた。

そこへ行くと今回は、明確にやってよかった。俺たちがこんがらがった状況を解《ほど》いて結び直さなければ、しばらくの間、美術部に不安と疑心暗鬼が残っただろう。竹林先輩も、すぐに次回作へ取りかかる気にはならなかったかもしれない。

俺たちが必死に頭を使ったことで、気のいい美術部の人たちの役に立てた。

そういう意味ではすっきりした。なにより、頼ってくれた三原《みはら》さんの期待を裏切らずに済んだ安心と、そして達成感が胸を膨らませている。

こういうのが、小さな頃に憧れた名探偵の仕事なのかもしれない……いや、夢見てたのはもっと派手でドラマチックな活躍だったけれど。天才でもハードボイルドでもない俺には分相応なところだろう。

雪《ゆき》さんも俺を見て微笑《ほほえ》んでいた。昼休み、屋上階で話したことを思い出しているのかもしれない。

……そうだ。結果は上々だ。

でもそれだって、この双子に助けてもらわないとなにもできなかった。

だから……と、俺は立ち止まった。釣られて双子とも歩みを止める。二人の視線を感じながら、昼休みと同じく正直なところを、言う。

「今日はいい結果を出せたけど、いつもよりは楽しくなかった」

「…………………」

「…………………」

二人は立ち止まったまま、反応を返してこなかった。俺の言いたいことが伝わったんだと思う。そうでなければ「なんで？」と問い返してきたはずだ。

「……最後には二人とも協力してくれたけど、それまではバラバラだったから。そうじゃなかったら、もう少し早く解決したかもしれない。

いつもみたいに、雨恵《あまえ》がひらめいて、雪さんがきびきびとまとめてくれて」

今回は美術部室へ出張ったせいもあるだろうけど、それにしても、なんと言うか……思考のテンポが前の二件と全然違った。それは一件を解決できたかどうかとは全く別に、俺の中にもやもやを残していた。

「だから、何を言いたいのかと言うと…………」

まとめる段になって言葉に詰まる。自分が双子《ふたり》へ具体的になにを求めているのか、なにを伝えたいのか、欲求の強さに反比例して言語化が難しい。

「…………はぁっ」

俺が口を半開きにしたまま固まっていると、ややって、雨恵がやたらと重々しい溜息《ためいき》を吐《つ》いた。うつむいた拍子に額へ垂れ落ちた髪をかき上げながら、うんざりしたような声を出す。

「戸村和《とむらなぎ》さぁ……」

あれ……まずい。なんか重たいこと言ってたか？　怒らせた？　それともまたキモいとか言われる？　そうなるかもなとは思ったけど……ああ、やっぱり人との距離の取り方は難しい……

後悔しようとしたが言わなかったらそれはそれで後悔しそうだったわけで、つまり詰んでいたことに気付いた頃、雨恵《あまえ》はぷふっ！と人を小馬鹿にした失笑を皮切りに笑みを満面へと広げていった。

「なに、そんなにあたしらのことが好きなの？」

ッ……

「スっ…………スキ……とか！　そういう話はしてない！」

動揺のあまり大声を出してしまった。あわてて周りを見るが、幸いにして視界の範囲には誰も歩いていない。

さまよわせた視線が雪《ゆき》さんに合うと、彼女は真顔で首を傾《かし》げた。

「じゃあ嫌いなんですか？」

「や、それは……嫌いではない、です」

「どちらかと言うと？」

「それなら…………

……好き、だと思う」

そこで初めて——つまりは何時間かぶりに、という意味で——姉妹は目を合わせた。そうして、そっくりの顔をそっくりに動かしてうなずき合った。

「うわ最低……」

「公共の道路で、二人の女性……それも姉妹へ同時に、そんな告白をされても困ります」

「っ――だっ、から！　そういう話をしてるんじゃなくて！」

「あははははっ、わーかってるって」

「冗談です」

雨恵は脳天気に笑いながら、雪さんは澄ました顔で。俺をもてあそんで悪びれもしない。

雨恵はともかく雪さんまで悪ふざけを覚えてしまったのか。

雨恵は笑顔に暖まった息を抜き、俺から雪さんへ目を流した。

「ま、あたしたちのことが大好きな戸村《とむら》くんに免じて、赦《ゆる》してやるかぁ」

今度は雪さんがぎろりと横目で姉を睨《にら》み付けた。

「……なんで上から目線なの？　悪いのは雨《あめ》でしょ」

「えー、なんで？　雪ちゃんが勝手にエロエロ叫んだんじゃん」

「それはっ………元はと言えば、雨が子供っぽい嫌がらせをしてくるから！」

「またまた、そのお陰で『雪さん』とか呼ばれるようになったじゃん。男子は胸とか見てきて気持ち悪いとか言ってたのに、どういう心境の変化よ」

「ぁっ、かッ、ぁ……関係ないでしょそれは！」

また言い合いが始まったものの、この程度はいつものことだった。雪さんが怒り疲れてあきらめるまで雨恵《あまえ》がのらりくらりと混ぜっ返す、それが姉妹のルーティーンだ。

俺を言い訳にしなくたって、一晩経《た》てば仲直りしていたかもしれない。でも、そう思っていたのにケンカしたまま道を違えた天和《あんな》姉さんと地穂《ちほ》姉さんのことを思えば、双子がこうやって元気にやり合っているのを見ると安堵《あんど》の息が出る。

だから俺も二人を止めることなく、クラス委員の妹がいい加減な姉に小言をまくし立てる光景を、微笑《ほほえ》ましく見守ってしまっていた。

——そんな中、不意に気配を感じて振り向く。

「往来でなにをやっているんだ？」

ちょこんと小さな体にハキハキと聴き取りやすい声。三原《みはら》さんだった。手提げや肩掛けのバッグでなく、リュックサックを背負っているのが妙によく似合っている。

美術部で軽くミーティングをしてから帰ると言っていたが、こっちがもたもたしている内に追いついてきてしまったようだ。

「助けて三原ちゃん！　イジワル委員長がいじめる！」

早速雨恵が抱きつく——勢い余って二人とも倒れそうになった——が、三原さんは平然として雨恵の顔を引き剥《は》がした。この泰然自若ぶりは是非見習いたいところだ。

「三原さん……美術部の方々はいっしょじゃないんですか？」

同級生の背に隠れる姉を睨《にら》みながら訊《き》く雪《ゆき》さんに、三原さんは、うん、と短くうなずい

た。

「先輩方《がた》はコンクールの追い込みなんかでまだ残っている。ボクは今回は出品する予定がないし、遅くなると家族が心配するから、先に上がらせてもらった」

「じゃあじゃあ、いっしょに帰ろうよ。電車でしょ？」

「ああ、構わない」

かくして四人、連れ立って歩みを再開する。

三原《みはら》さんにまとわりつこうとする雨恵《あまえ》を雪《ゆき》さんが引っ張りながら歩いているため、自然と俺と三原さんが並ぶ形になった。斜め下からの視線を感じて目を合わせると、三原さんは珍しく遠慮がちな声を出した。

「……今日はすまなかったな。帰りがけに仕事をさせて。竹林《たけばやし》先輩も、手数をかけたと謝っていた」

「ああ……いや。結果的には頼まれて良かったよ。双子も落ち着いたし」

「そのようだな」

ちょっと目を離した隙になにがあったのか、妹が姉の首を締めている山田《やまだ》姉妹に目をやって、三原さんは心なし満足げにうなずいた。

「それにしても、まさか『容疑者を集めて推理ショー』を現実に見られるとは思わなかったぞ」

「犯人いなかったけどね……と言うか、別にショーとかじゃないし」

「いや、ボクの見込んだ通りの名探偵ぶりだった」

「うちの学校で起こるようなずっこけ事件じゃ名《な》は揚《あ》がりませんから、名探偵にはほど遠いと思います……くっ……」

　雨恵の反撃でネルソン・ホールドされている雪さんが、苦しげに会話に参加してくる。

楽々と妹を拘束している雨恵もだ。

「だったら名無しの探偵だね。いいじゃん、教室の隅っこで看板もなく探偵を営んでる戸《と》村和《むらなぎ》にぴったりだよ。無名探偵」

「営んでないっ。成り行きで頼まれてるだけだ！」

　そうだ。クラスメートの頼みと姉妹の圧力に負けてつい三回も引き受けてしまったが、俺は探偵でもなんでもないのだ。

　きっぱりと雨恵に告げた、次の瞬間――やにわに雨恵の腕を振り切った雪さんが、ずんずんとこちらへ歩み寄ってくる。そして、なぜかものすごく不機嫌そうに見上げてきた。

「昼休みに言っていたことと違うようですが……？」

昼休み……あれ？　俺、雪さんを連れ戻す時、どんなこと言ったっけ？

　思い付くままに話したので記憶がおぼろげだ。しかし、雪さんの怒気は決して小さくないように見える。雨恵に向ける直情的なのとはまた違う、地を這《は》うような威圧感がある。

必死に思い出す内に、いくつかのフレーズが頭に甦《よみがえ》ってきた。

『俺はやっぱり探偵が好きなのかもしれない』

『山田《やまだ》さんはもう、俺にとっての「探偵」の一部だよ』

……ああ。そうか。

この流れで探偵やることを否定すると、昼休みのことがデタラメ並べて雪《ゆき》さんをだましたみたいな話になるのか。

「おーい……なんか知らんけど謝った方がいいよ。お父さんに映画へ連れて行ってもらう約束したのに、仕事でドタキャンされた時、一ヶ月くらいお父さんと口を利かなくなったタイプのキレ方してるから」

雨恵《あまえ》ですら一歩引いて忠告してくる状況らしい。

……やんぬるかな。

俺は雪さんの目を見返して——目をそらすと殺されそうな空気だった——我ながら力弱く、言い直した。

「やらないとは、言ってない……また頼まれたらするよ、探偵。その代わり、その時は手伝ってくれよ」

「……まぁ、いいでしょう」

素っ気ない言葉とは不相応に、ふんわりと表情《かお》を緩ませて雪さんは引き下がってくれた。推理小説のファンらしい彼女は、この状況にすっかり味を占めてしまったのかもしれない。……つくづく厄介なことになった。教室の最後列、両側を固める双子姉妹——逃げ場がない。

と、落ち込んでいる俺の肩に、ぽんっと、驚くほど軽薄な手が乗せられた。

言うまでもなく、山田雨恵だ。いつも通り無責任で、だからどこまでも自由な笑顔を耳元へ近付け、ささやいてくる。

「やっぱ初心者向けだねぇ……チョロすぎでしょ」

「っ……うるさいぞ、雨恵」

仕返しとばかり、わざと乱暴な感じで呼び捨てにしてみたが、

「顔を真っ赤にして言ってもムカつかな〜い♪」

と軽やかな足取りで逃げられてしまった。

さっきまでのぎこちない感じでいられても困るけど、元気なら元気でめんどくさい。

それでも、そろそろ近付いてきた駅の明かりを背に笑う雨恵は……悪くなかった。

そうして一つ、忘れない内に訊《き》いておこうと思っていたことを思い出す。

「三原《みはら》さん」

「ん？　なんだ？」

こちらを見上げた拍子にずり落ちそうになったリュックを「んしょっ」と背負い直す三《み》原《はら》さんに、気になっていたことを問いかける。

「三原さんは、なんで俺たちのことをあんなに信用してくれたんだ？」

「なんだ。そんなの決まってる」

教室では俺たちのすぐ前の席で、おそらく酷《ひど》くやかましいであろう俺たちの会話を日々聞いている彼女は、至極あっさりと答えてくれた。

「ボクはお前たちのファンだからな」

The Reversi in the Last Row of the Classroom
Episode #3
The Sleuths VS. the Dazzle Painter
or: The Invisible Knife on Her Heart

Fin.

エピローグ３－Ａ．山田雪音《やまだゆきね》

　宿題を終えて時計を見ると、一〇時を回っていた。

　思ったより遅くなってしまった。でも、今日は下校するのも遅かったし、それから夕御飯を食べてお風呂に入って、一時間も机に向かえばそんなものか。

　以前までは宿題が出れば学校である程度やってしまっていたのだが、最近はすぐ近くの席になった雨《あめ》がなにかと話しかけてきて落ち着かない。さらに雨が隣の席の戸村《とむら》くんにちょっかいを出して、迷惑をかけないように注意していたら休み時間が終わってしまうようになった。

　まったく……なんであんな姉の近くの席になってしまったのだろう。怠惰なくせにやたらからんできて、うっとうしいことこの上ない。誰とだって平気で話せるんだから、学校でまでわたしと話すことないだろうに。

　う、ン……と伸びをして眼鏡を外す。椅子から立ち上がり、ごろんとベッドに寝っ転がった。小学生まで雨と共用していた二段ベッドを分解した物だが、その時にマットを新調したのでふかふかと体を受け止めてくれる。

二段ベッドだった頃に山ほど並んでいたぬいぐるみは、クローゼットに押し込んでしまった。今ベッドに乗っているのは、抱きつけるくらい大きなシロクマだけだ。

視界には見慣れた天井、丸いカバーに収まった蛍光灯。

白い壁紙の部屋の中には、全体的に淡い色の家具が並んでいる。もっと大きな本棚が欲しいと思っているが、ほとんどの本はお父さんが買ってくるのを借りて読んでいるから「必要ないでしょ」とお母さんには言われてしまう。

ベッドの柔らかさは快適だったけど、眠ってしまうには少し早い。目が冴《さ》えていた。

……そうだ。と、ベッドの感触に遮断されていた、直前までの考えがよみがえってくる。

雨《あめ》は、わたしの姉は、誰とでも気軽に話す。人懐っこいというのだろう、天性の気安さと、それを相手に受け入れさせる不思議な魅力を持っている。だから人に頼って怠けることを覚えてしまうのだ。でも、それが自分《わたし》にはない特別な才能だと、うらやましくもある。

雨は老若男女を問わず平然と話しかけ、流暢《りゅうちょう》に会話する。わたしには無理だ。特に、面識の浅い相手にはつい、つっけんどんになってしまう。

不用意に距離を詰められるとどうしていいか解《わか》らなくなるから、近寄ってこないように跳ね返してしまう。それが相手の気を悪くする悪癖だと解っていても、なかなか改められない。

男子には特にキツい物言いをしてしまうようだ。小学生の頃はそうでもなかった気がするが、中学に上がった頃に胸の大きさとかをからかわれて、なんだか異性全般に忌避感をもよおすようになってしまった。

雨には男子の目を気にする素振りがない。いつも自然体で薄着だし、全般的にガードが甘い。見ているこちらの方が心配になる。あの戸村《とむら》くんだって、どんなやらしい目で雨を見ているのか怪しいものだ。

雨に体を寄せられると顔を赤くするし、制服の隙間に目が行くと挙動不審に目をそらす。わたしに見られてるとも知らず、でれでれと変な顔して。不純だ。不潔だ。所詮は男子だ。雨に振り回されている点は気の毒だが、もっと毅然《きぜん》とNOを言えるようになってほしい。まったく……頼りないし情けないし……。

……いや、まぁ、あれでも男子だし力強いところもある。

体育の授業で転んで保健室へ行く時、肩を貸してくれた。自然に肩を落として高さを合わせて、わたしがバランスを崩さないよう考えて。

膝の上に倒れた時は、わたしの体を軽々と持ち上げて立たせてくれた。お腹《なか》に当たっていた膝の感触もごつごつして、自分や雨の体とは全然違った。見た目にいかつい印象はないのに、男の人の体をしていた。

でも、恥ずかしかったばかりで怖かったり嫌悪感を覚えたりした記憶はない。向こうの方もうろたえていたし、なんとなく、この人はわたしを傷付けることはしないだろうと感じていた。

雨《あめ》の言うところの「初心者向け」の所以《ゆえん》だろうか。気弱な笑顔に、苛立《いらだ》つよりも安心するようになってしまった。

それに……あの人が言うところの「探偵」をやっている時は、楽しい。

最初は、琴ノ橋《ことのはし》さんに強要されているという話を聞いて、クラス委員としてなにかできないかと相談に加わった。なのに、三人であだこうだと言いながら問題を検討していくことに、いつの間にか夢中になっていた。

元からパズルとかミステリーとか、謎解きの類が好きだったというのはあるけれど、雨と、それに隣の席になったばかりの戸村《とむら》くんと同じ問題をいっしょに解くことで、つながりのようなものができて、それが心地良かったのかもしれない。

よく知らない相手、苦手な男子とでも、対等な場所で話せたと思った。浮気の話をしていたのに、心はふわふわして素直な言葉をぽんぽん吐き出せた。

……結局、ここでも物を言ったのは雨恵《あまえ》の発想力だったが。それが悔しかったのかもしれない。

津木《つぎ》くんの無茶な依頼の時も、わたしは調査に加わった。父さんの影響もあって、マニアと言うほどでなくても推理小説好きなわたしなら役立てるかと思ったのだが、今度も雨に良いところを持っていかれた。

戸村くんはわたしの知識がなければ上手《うま》くいかなかったとフォローしてくれたが、それは誰にでも代わりのできる役割だ。雨と自分の資質の違いを見せつけられたようで、夜、布団の中で悶々《もんもん》としたのを覚えている。

そんな風に落ち込んでいたところだったから、雨とケンカした後、戸村くんが屋上階まで連れ戻しに来てくれた時には驚いた。彼は自分から他人の揉め事に首を突っ込むようなタイプには思えなかったから。

戸村くんは、わたしを彼の好きな探偵の一部だと言った。それはたぶん、あの謎解きの時間にわたしと同じような高揚感を覚えていたということだろう。共有していたということだろう。

たぶん、それがうれしかったから、わたしは戸村くんといっしょに教室へ戻ったし、雨とも仲直り——元通りに直っただけで良好とは言えないけど——できた。

…………戸村くんか……

好きなのかな、わたしのこと？

……いや。いやいやいや。これはダメだ。自意識過剰だ。そんなわけない。あの人はたぶん、「いい人」なんだ。それだけだ。

それでも、友達だとは思ってくれてるんじゃないかと思う。これはきっと過剰じゃない。だから。

休み明けの朝には、また「おはようございます」って言おう。

ここ一週間くらいは口籠もりもしないし、心の準備も要らなくなってきた。もう少し柔らかく言えるだろうか。でも、あんまり甘くなっても引かれるだろうし……

あの、いつも困っているような顔を思い出すと、自然とパソコンの方へ目が行った。

お母さんが仕事に使っていて、買い替える時にくれたノートPCだ。雨《あめ》はスマホしか使わないから取り合いにはならなかった。型落ちではあるけどスペックは十分現役レベルで、わたしは機材を買い足して「活用」していた。

「戸村《とむら》くんが見てるって言ってた動画って、たぶんアレだよね……どうしよう、さすがにバレるかな……」

マスクをした上に顔へブラーかけてるから、そうそうバレないとは思うけど、こうなると声ももう少し加工した方が――

などと考え込んでいるところに、

「おーい、雪《ゆき》ちゃん雪ちゃん。鍵開けてよ」

室外から無遠慮にドアノブをガチャガチャやりながら声をかけられて、溜息《ためいき》を吐《つ》きながら起き上がる。

わたしの部屋には鍵が付いている。最近付けたばかりなのだが、理由は雨が勝手に入って荒らしていくからだ。寝ている時は災害に備えて開けておくという条件で、お父さんに頼んで付けてもらった。

「開けるから……ガチャガチャやるのやめて」

ドアを半開きにすると、いつも通りへらへら笑った姉がいた。中学のジャージを着ているが、これが春の寝間着だ。パジャマを買ってこいと渡されたお金を使い込んだ結果だった。

「まーまー、ケンカ終わったんだから、そう邪険にしないでよ。ツンデレ飽きたし」

「誰がツンデレ……」

「でさー、明日休みじゃん」

相変わらずマイペースに話を進めていく。勢いに乗り慣れた話し方に反発を感じているのに、つい流されてしまう。

「はぁ……明日がなに？」

「デート行かね？」

エピローグ3—B．山田雨恵《やまだあまえ》

進化論ってさ、あるじゃん。

中学の授業で聞いたんだけど、聞き流してたからテスト前に物知り雪《ゆき》ちゃんからレクチャーしてもらった。正確じゃないかもしれないけど、要するにこういうことだと思う。

生き物は同じ種類でも少しずつ違う個性を持っていて、より環境に適応した個性が生き残って数を増やしていく。その繰り返しで、水溜《みずた》まりの微生物から今存在している生き物へと進化していった。

さらに極端を言えば、なんかべちょ、っとした細胞がテキトーに分裂していたら、なんとな～く今の形にたどり着いたって、そんなふわふわした話だ。あたしたち人間だって例外じゃない。

なんとな～く、人間やってる。

その話を聞いて、いろいろと腑《ふ》に落ちた気がした。

あたしはあんまり感動する方じゃない。子供の頃から本を読んでも映画を見ても、大笑いしたり泣いたりすることはほとんどなかった気がする。雪音《ゆきね》は逆に、本でも劇でも入り込んでよく笑ってよく泣く。今は冷静ぶってるけど、感じやすいからこそ意識して態度を固定しているだけだと思う。

双子の雪があぁだから、単にあたしの感性が死んでるんだろうと、進化論まではそう思っていた。でも違う。

世界も人間も土台からテキトーで、なんとなく、なんとなくの繰り返しで出来たあやふやな物なんだと、本能みたいなところで感じていたんだと思う。

それでなにかを悲観したとか空《むな》しくなったということはない。むしろ、人間関係とか、学校とか、将来のこととか、悩むほどのことじゃないからテキトーに、アタマとカラダのおもむくままに生きていこうって、そう気楽になっただけだ。

地面をうじゃうじゃしている微生物の視点になって、ずっと高いところで必死に頭を悩ませているみんなを見物していた。

高校を決める時も、通いやすくて、雪もいるからいろいろと便利だという理由で決めた。

いろんな意味で個性的な同級生、ほどほどに理解できる授業、なんだかんだと言いながら世話を焼いてくれる妹。思った通り、まぁまぁ気楽な高校生活がそこにあった。基本的に引っ込み思案な雪がクラス委員を引き受けたのは意外だったけど。

へらへら笑って、雪や三原《みはら》ちゃんみたいに可愛《かわい》い子に構ってもらって、授業やクラスメートとのおしゃべりに、痛くない程度の刺激を受ける日々。

友達はできないくせに勉強に委員長に、あと、自分の部屋の中でなにやらごそごそやって忙しそうにしている雪音《ゆきね》の充実ぶりを少し、うらやましく思うこともあった。でも、だからと言って部活とかするのも面倒で、カロリーの出入りが少ない日常を続けた。

そんな生活に変化がもたらされたのは、席替えの後だった。

あたしと妹の間に座ることになった、いかにも冴《さ》えない感じの、代わりに嫌なところも見当たらない男の子。

自己紹介で実家が探偵をしていると言っていた。わざわざそんなことを明かすあたり、目立ちたがり屋なのかと思えば真逆で、全然しゃべらない、目を合わそうともしない。雪《ゆき》といい勝負で内気な、言ってはなんだが、つまらないやつなのかと思った。

そんな彼が、琴ノ橋《ことのはし》マリーに浮気調査を押し付けられたという。気の毒には思ったけど正直興味はなかった。浮気なんてどこにでもありふれた話だし、男女交際は十人十色、外野が口を出すことじゃないと思うからだ。

でも、

『琴ノ橋さんが強気で強引な人だから、だよ』

戸村《とむら》くんは他の人とはちょっと違う視点を持っていた。あれは、お人好《ひとよ》しなのとはたぶん違う。いや、お人好しではあるんだろうけど、もっと積極的なものだと思う。善意……とも違う気がする。

そう、あれは悪意だ。悪意に対する悪意だ。

平和な結末、ハッピーエンドを邪魔する要素を取り除くために、考えて考えて解決しようとする。

彼が探偵を意識しながら消極的なのは、そのせいなのだと思う。物語の名探偵は事件を解決するけど、そこには犯罪があって、人を傷付けようとする攻撃がある。バンダインさんなどは殺人事件でないとお気に召さないらしい。

彼は逆で、そこにある事件を消してしまいたいと思っている。推理と言うより手品か魔法の考え方だ。幼稚なワガママとも言う。

でも、そんな幼稚さ、そんなワガママさに興味が出た。そこにある世界をテキトーに受け入れたあたしとは逆に、マイナスな世界の見方を変えて、ひっくり返したいと願うスタイルを新鮮に思った。

そして同時に、アイデアを、ひらめきをもらった。琴ノ橋マリーは浮気されているのではないという可能性を思い付いて、考えて、雪も含めて三人で検証したら全然別の事実が見えた。

気持ちよかった。

探偵。進化論に続いて、そこにある世界を違った形に見るきっかけ。

戸村和《なぎ》くんは、あたしにとって「それ」の象徴になった。

ものを頼まれると嫌でも断り切れず、そのくせ、引き受けたからにはとにかく全力で取り組んでみようとはする。損しかないような性格だ。ああまで自分自身に都合の悪い心の持ち方がどうして生み出されたのか不思議だった。

なにかそうならざるをえない経験でもしたのだろうか？

特に女子にはまったく頭が上がらなくて、色気に縁のないあたしがちょっと顔を近付けただけで真っ赤になる。ナイスバディの雪《ゆき》ちゃんに膝へのしかかられた時などは言わずもがなだ。からかい甲斐《がい》がハンパでない。

それでいて、時には生意気も言う。あたしが赤ずきんの話で雪をキレさせた時、戸村《とむら》くんはこう言った。

『人の心を持たないクラゲ人間かと思ってたけど、妹のことになると困ったり意地になったりもするんだな』

……久しぶりに、怒りを覚えた。

雪を怒らせる加減を間違えて戸惑っていたことは認める。

なにもかも正反対の妹はあたしの基準で、目印で、だからいなくなられると不安になる。進化論だ。全力の雪と、手を抜くあたしと、片方だけでは一つの失敗で挫《くじ》けてしまう。両方いれば、どっちかが失敗してももう一方は助かるし、挫けた方を助けることもできる。

雪音《ゆきね》がいるから、あたしは山田雨恵《やまだあまえ》でいられる。雪音だけは他人じゃない。あたしだ。

だからこそ、そういう感覚を見透かしたようなことを言う戸村くんにムカついた。

あんたは、あたしと面白いステージをつなぐゲートでいればいいのに。

それなのにあいつは雪音を追って出て行ってしまった。そうして帰ってきた時には、あたしの妹を「雪さん」と、いまだかつて他の誰も呼ばなかった名で呼ぶようになっていた。しかも雪がそれを許している。二人の間に、ただの会話以上のなにかがあったことは間違いない。

と言って、あの後の二人がすごく親しくなったという風でもなかった。ただ時折、あたしには解《わか》らない意味のアイコンタクトをしている気もする。やっぱり、誰の目にも解りやすく優等生の雪の方が、あたしより話が通じやすいということだろうか。

生意気だ……雪までひっくり返さなくていい。

……まぁ、美術部の事件を解決するに当たって、戸村くんはずいぶん頑張った。あいつが竹林《たけばやし》先輩がナイフを絵に刺した理由を考えつかなければ、ルーペを経て金魚鉢まで発想がつながることはなかっただろう。

考えついた、と言うより、感じ取ったと言うべきかな。あたしにはないセンスだ。そしてまた、世界の見え方がひっくり返った。

いくら事件があっても、あたし一人じゃ面白くならない。一個きりの駒で遊べるボードゲームなんてない。

やっぱりあたしにとっての「探偵」は、戸村和《とむらなぎ》あってのものらしい。

それに、最後にはあたしと雪《ゆき》がいなきゃなにもできません生意気言ってごめんなさいお願いですからいっしょにいてくださいと認めたから、赦《ゆる》してやってもいい。

ま、今回はそれでいいとして……

また生意気を言い出さない内に、ちゃんと躾《しつけ》をしないとね。

◇

都会とは呼べない町に住んでいても、二〇分も電車に揺られれば繁華街には出る。

小さな頃は両親に連れられて何度も訪れた、見渡す限りにデパートやショッピングモール、アミューズメントパークなんかが並んだ駅前だ。モールには大手の専門店もあるので、近所で手に入らない買い物は大概ここでしていた。

今は家族四人ではなく、姉妹二人で訪れている。休日昼間の人込みはいわゆるイモ洗い状態で、往来は流れゆく大河の様相を見せていた。

「ふぁ……で、なにを探すの?」

頼み込んで引っ張り出した雪は、せっかくのデートだというのになんだか眠そうだ。ロングスカートの森ガールみたいな格好で、あくびを噛《か》み殺している。

夜中まで本でも読んでいたのだろうか？　やっぱり読書は健康に有害だ。脳を破壊する。雪は手遅れだからしょうがないけど、あたしは気を付けなきゃね。

「まぁまぁ雪ちゃん。この間はエロエロな本性をえぐり出して怒らせちゃったからさ」

「帰る……！」

「ウソウソ！　ごめん、ごめんて！」

……またやりすぎるところだった。腕にしがみついて引き留めると、素直に今日の目的を告げる。

「久しぶりに二人で守護獣《しゅごじゅう》探し、しよ」

守護獣、というのは、まだ小学生になったばかりの頃に二人でやっていたロールプレイングゲームに出てきた単語だ。

もう詳細は忘れかけてるけど、主人公が倒したモンスターをアクセサリとして装備すると、そのモンスターの特技が使えるようになるとかだった気がする。それが守護獣システムだ。……ん、あれ？　なんで倒した敵が守ってくれるんだろう？　ちゃんと設定があったと思うけど、そこまでは覚えていない。

ともかく、まだ夢見がちだったあたしと雪は、自分たちも装備しようと動物のアクセサリをお父さんにねだった。お母さんに頼むよりワンランク上の物を買ってくれるからだ。

で、動物のキーホルダーを一つずつ買ってもらった。あたしはカッコよくて素早そうな黒猫で、雪《ゆき》は強くて優しそうなシロクマだ。いや、シロクマが特段優しいという話は聞いたことないけど、その時の雪はそう思ってたんだ。

それから一〇年近く経《た》ったけど、あたしたちは黒猫とシロクマのグッズを買い続けている。アクセサリだけでなく、ペンケースとか水筒のカバーとかの生活用品も、それぞれの動物の絵が入っている物をわざわざ探して買ったりしている。

今となっては特に意味もないのだが、やめる理由もなくて、二人して続けてしまっている。いわゆるルーティーンってやつかな。

遠足の前なんか、道具やおやつを用意するためにお母さんから渡されたお金を持って、雪と二人でこの繁華街を訪れ、二人で納得するまで探し回った。それを小学生の時にやったら、子供だけでなにしてるの、動物なんてなんでもいいでしょと怒られた。

雪音《ゆきね》と二人で怒られるのは珍しくて、二人で手を握り合って耐えていたけど、うつむいた顔は二人とも笑っていた。背筋の伸ばし方が絶妙の黒猫がプリントされた弁当箱と、お腹《なか》を見せて転がる珍しいポーズのシロクマ柄ランチョンマットが買えたからだ。

怒られる価値のある冒険。それをしたと思ってしまったから、いまだに守護獣探しを続けているのかもしれない。

「あっ……」

　今日もはぐれないようにと手をつないでウインドウショッピングをしている途中、ふと足を止める。雪も立ち止まって、やや邪険に手を払われた。

「おいー、ツンデレじゃないし……」

「ツンデレ飽きたってば」

　やっぱり愛想なく言いながら、雪は手に提げた紙袋を持ち直した。何個か前の店で買った、デフォルメされたキノコに落書きのような顔を描いたぬいぐるみが入っている。家《うち》の妹は時々趣味が悪い。

　これでも雪はずいぶん上機嫌になっていた。一人でいると一日中インドア生活をする子だけに、たまに連れ出してあげると気分がアガるらしい。

「……なに？　よさそうな黒猫あった？」

　そこはシックにひなびた雰囲気の雑貨屋の前で、ワゴンに小さなアクセサリがたくさん吊《つる》されていた。銀メッキのとんがったやつが多いけど、動物をモチーフにした物もいくらか混じっている。

　その中の一つを手に取った。ビニールで簡易包装されたストラップだ。

「……猫じゃなくてパンダだよ、それ」

妹が律儀に指摘してきた通り、それはパンダを象《かたど》っていた。平べったいプレートを丸まっちいパンダの形にカットして、銀メッキと黒の塗り分けでジャイアントパンダを表現している。

「うん、パンダ。あげようと思ってさ」

「？　いいよ。わたしはストラップたくさん持ってるし」

可愛《かわい》いシロクマを見つけるたびに買っているので、雪《ゆき》は日替わりで付けても半月《はんつき》続けられるくらいストラップやキーホルダーを持っている。けど、あたしは首を振った。

「違う違う。戸村《とむら》くんにあげんの」

「……っ、戸村くん？」

雪はちょっと黙って、それからしゃっくりのように隣の席の男子の名前を吐き出した。

「なんで……戸村くんに？」

訊《き》いてくる妹の視線はせわしなく動いて落ち着かない。そんなに戸惑うことかな。

「あー……ほら、御近所付き合いってやつ？

あとはまー、美術部の時とか、ちょっと気を遣わせた気がするし」

たまにはプレゼントでもして、忠誠度を上げておくべきだろう。

「それは、そうかもしれないけど……ねえ、雨《あめ》はさ」

「ん、なに？」

雪は、口の中まで出てきた言葉を呑《の》み込んだようだった。

「……ううん、なんでもない……まぁ、いいと思うよプレゼント。雨は普段から戸村くんに迷惑かけてるしね。宿題とか」

「雪だって遠慮なくガミガミ言ってんじゃん。時々普通に落ち込んでるよ、あの人」

「え？　そ、そうかな……？」

自覚なかったのか。まぁ雪が必要以上に強く物を言う時は、なにかの照れ隠しの時が多いから、相手に気を遣う余裕がないのかもしれない。

ちょっと前までは、そういう癇癪《かんしゃく》はあたしが引き受けてたけど、いつの間にか戸村くんにも向かうようになっている。自分の負担が減って楽になったたはずなのに……なんかもやっとくる。

そんなことを考えている内に、雪も気を取り直していた。

「でも、なんでパンダなの？」

「なんかこう……ぬぼっとした感じが戸村くんっぽいじゃん」

「あー……解《わか》るかも。白黒はっきりしない感じも」

「解る解る、わかりみの術」

「なにそれ……？　流行らないよ……あ、でも、パンダってたぶん強いよ。熊だし」

「マジで？　戦ってるところとか見たことないよ」

「それはわたしもないけど……」

などと言い合いながら店に入り、レジへ進む。二人でレジまで来てから、あたしは雪《ゆき》ちゃんに頭を下げた。

「お金貸して」

「このタイミングで……!?」

妹はこめかみを引きつらせたが、店員さんが支払いを待っている状況で言い合いを始める度胸もない。うちの妹は優等生で小心者なのだ。

結局、パンダのストラップは姉妹で半額ずつ出し合って購入した。

「いやー、ごめんごめん。今月ピンチでさ」

「もう……なにがデートだよ。最初っからお金出させるつもりで連れてきたでしょ」

「まぁまぁ雪ちゃんさん……お金出してもらった分、これは二人からのプレゼントってことにするからさ。いいでしょ？」

「え……わたしも？」

雪は口を半開きにして、目を右から左へ流して、それからうなずいた。

「………いいけど」

よし、ラッキー。これで借金にはならない！

ほくそ笑みながら、最後にハンバーガーでも食べていこうかと駅に向かう。その途中、

「まぁ……ぬいぐるみよりは丈夫でしょ」

そのキーホルダーと戸村くんのイメージが重なって、口が緩んだ。

パンダ。白と黒の、ちょっとばかり可愛《かわい》い動物。

物持ちの良さそうな顔を思い出すにつけ、将来は安泰だと思う。

それに、このパンダは山田《やまだ》家ではなく戸村和《とむらなぎ》へもらわれていくのだ。いかにも貧乏性で

か――って、そんなわけないか。

バッグから取り出してみる。この袋の中のパンダは、今の話を聞いて怯《おび》えているのだろう

あたしも少しばかり感傷的になって、簡単なラッピングをしてもらったストラップを

のことだから、亡きパンダに悪いことをしたと悔やんでいるのだろう。

雪は話している内に神妙な顔になっている。高校生になった今でもぬいぐるみ好きな雪

「結局、取り合ってる内にボロボロになって壊れちゃったんだよね……あれ」

あたしも雪も小さかったから、どっちがもらうかでモメた覚えがある。

いろあったんだけど、そのぬいぐるみは一つきりだった。

たしか、お父さんの出張だか社員旅行だかで買ってきたお土産だ。お土産は他にもいろ

「ん？　ああ、あったねぇ。頭のでかいやつ」

「……パンダって言えばさ。昔、家《いえ》にあったよね、ぬいぐるみ。お父さんが買ってきたの」

雪がぽつりと口を開いた。

このパンダを渡したら、あいつはどんな顔をするんだろう。戸惑う？　感動する？　強がる？　どれもありそうだし、どれでもないかもしれない。基本的にはヘタレだけど、妙に図太い時もあるから案外に読めない。

そんなやつだから、舞い込んでくる問題もいちいち突飛な話になるのだろう。

パタンパタンと、あたしが、雪音《ゆきね》が、戸村《とむら》くんが視点を変えるたびに真逆の答えが出てくる。

白が黒か、黒が白か。

あたしたちではさんでひっくり返す、放課後の白黒ゲーム。

来週も探偵、できるといいな……

The Reversi in the Last Row of the Classroom

Book #1

The NoName Sleuths Investigates

or: How He Learned to Stop Worrying and Love the Sleuth

Fin.

あとがき

ＭＦ文庫Ｊ読者の皆様、はじめまして。スニーカー文庫で拙作を読んで下さっていた皆様、御無沙汰しております。玩具堂《がんぐどう》です。本書『探偵くんと鋭い山田《やまだ》さん』を手に取って下さりありがとうございます。

席の両側を可愛《かわい》いけれどめんどくさい双子姉妹に挟まれた少年の、奇想事件にまみれた日常を描く不要不急のエンターテインメント。玩具堂なりの「探偵小説」を目指した本作ですが、楽しんでいただけましたでしょうか。

謎解きを志向した探偵モノではありますが、事件の内容は（当事者以外には）たわいないものです。作中でも触れられている探偵小説のセオリーをガン無視していて、ミステリと言うよりはクイズ・ストーリーかもしれません。

でも、だからこそ、教室の隅っこで謎解きに挑む少年少女のジュブナイルとして気軽に読んでいただけるものになったかと思います。いかがでしたでしょうか。

なにか憂鬱なことがあっても、考え方一つで楽しくひっくり返るかもしれない。そんな予感をさせる話になっていればいいのですが。
読んだ後で推理小説を読みたくなったり、親しい相手となにかしら謎解きをしてみたい気分になったりして下されば、それがなによりの報酬でございます。

続刊は今のところ不確定なのですが、皆様の応援次第で無名探偵が新たな事件とともに帰ってくることもあるかと思います。本書を気に入ったという読者諸氏は知人友人親類縁者に勧めて下さると三原《みはら》さんが喜びます。
双子に見込まれてしまった和《なぎ》は、果たしてパンダのぬいぐるみより丈夫なのか否か？文字通り「嫐《うわなり》」の日々が始まる和にとっては続かない方が幸せなのかもしれませんが、和より三原さんの幸せの方が大切なので応援よろしくお願いします。

最後に謝辞を。拙文に美麗なイラストを添えて下さった悠理《ゆうり》なゆた先生に。新作のお声がけをいただき、再びミステリ（もどき）を書く機会を与えて下さったＭＦ文庫Ｊ編集部に。本書に関わって下さった制作関係者の皆様に。
そして、本書を読んで下さった全ての読者の皆様に――万鈞《ばんきん》の感謝を捧《ささ》げます。

二〇二〇年四月　玩具堂《がんぐどう》　拝

MF文庫J

探偵くんと鋭い山田さん
俺を挟んで両隣の双子姉妹が勝手に推理してくる

2020年 5月25日 初版発行

著者 玩具堂

発行者 三坂泰二

発行 株式会社 KADOKAWA
〒102-8177 東京都千代田区富士見2-13-3
0570-002-001（ナビダイヤル）

印刷 株式会社廣済堂

製本 株式会社廣済堂

Printed in Japan　ISBN 978-4-04-064661-9 C0193

◇◇◇

【ファンレター、作品のご感想をお待ちしています】
〒102-0071 東京都千代田区富士見2-13-12
株式会社KADOKAWA　MF文庫J編集部気付「玩具堂先生」係　「悠理なゆた先生」係

ようこそ実力至上主義の教室へ

好 評 発 売 中

著者：衣笠彰梧　イラスト：トモセシュンサク

――本当の実力、平等とは何なのか。

INFORMATION

イラスト：sune
チャンスは年4回!
デビューをつかめ!